AF198284

Hawe Wesemann

Chaoswoche

Ein Männerroman

Verlag: **Buchtalent** - eine Verlagsmarke der
tredition GmbH, Hamburg
www.buchtalent.de
www.tredition.de

Printed in Germany

Montag

„Wie lange geht das schon so?", wollte Herr Gideon von ihm erfahren, und Frank glaubte, diesen traurig, enttäuschten Unterton in seiner Stimme wahrzunehmen den er so gar nicht leiden konnte, weil er ihn irgendwie an seine Mutter erinnerte, die in diesem Moment sicherlich immer noch stolz auf ihn war.

„Wie lange geht was schon so?", entgegnete Frank automatisch und etwas zu trotzig um bereits 28 Jahre zu sein.

Dass alles hier waren nicht die Zutaten für einen wirklich guten Moment.

Frank saß im Büro von Herrn Gideon der versuchte versöhnlich zu wirken, während er innerlich zu beben schien und es dabei doch schaffte auf seiner Seite seines Schreibtisches unruhig sitzen zu bleiben.

Schal & Gideon – Das zertifizierte Autohaus.

Hierher zu gelangen, war nicht einfach gewesen. Die zwei Jahre Abendrealschule und nebenher als Taxifahrer zu arbeiten waren mühsam gewesen.

Aber Frank hatte sich dieses Ziel gesetzt, er hatte Automobilverkäufer werden wollen und es tatsächlich geschafft.

„Herr Arnsberg, mühte er sich ab, während er die erste Silbe von Franks Nachnamen besonders betonte, wollen sie mir wirklich weiß machen, sie haben keine Ahnung warum wir hier unser kleines Stelldichein abhalten?"

„Provisionsnachzahlungen sind es wohl nicht?" orakelte Frank, wohl wissend das Angriff keine adäquate Verteidigung ist, wenn einem bereits die Schlinge um den Hals gelegt wurde.

„Nein, verdammt. Es sind keine beschissenen Nachzahlungen, ganz bestimmt nicht!" brüllte Gideon während er seine knochige Faust auf den Schreibtisch knallen ließ, und damit den violetten

Kugelschreiber der dort lag zu einem ganz ordentlichen Luftsprung animierte.

Frank beobachtete wie der Kuli sich in einem Salto versuchte, aber dann doch an seiner eigenen Längsachse scheiterte.

Im nächsten Augenblick hatte er sich fast schon wieder im Griff. „Zeigen sie mir Ihren Führerschein, Herr Arnsberg. Jetzt!", setzte er nach.

„Ich fürchte", begann Frank, der erahnte, dass genau diese Emotion grad ziemlich aktuell bei ihm sein sollte, „ich bin derzeit in meiner Mobilität etwas eingeschränkt."

Gideon lehnte sich langsam in seinem Stuhl zurück, verschränkte die Arme und fixierte Frank aus zusammengekniffenen Augen. Er beugte sich wieder vor und legte die rechte Hand mit dem Handrücken auf seinen Schreibtisch.

„Autoschlüssel", zischte er.

Frank gab sich geschlagen, was hatte es auch für einen Sinn. Ein Autoverkäufer ohne Führerschein, das war doch so wie der Fisch, dem sein Fahrrad abhandengekommen war.

Frank fischte den Schlüssel aus der Anzughose und ließ ihn in Gideons wartende Hand gleiten, die sich sogleich schloss, um ihn auf seiner Seite des Schreibtisches demonstrativ in einer Schublade zu deponieren.

„Mensch Arnsberg, wann werden sie erwachsen? Haben sie eigentlich überhaupt realisiert, in welche Situation sie die Firma und sich bringen? Sie fahren hier putzmunter in einem Vorführwagen von uns durch die Gegend, in dem sie am letzten Wochen-ende rotzebesoffen durch die Innenstadt geknallt sind, von der Polizei angehalten wurden und dann vermutlich ihren Führerschein abgeben mussten?

Die haben uns als Halter des Fahrzeugs natürlich informiert. Das muss ihnen doch klar gewesen sein!"

Frank war sich nicht sicher, ob Gideon eine Antwort wollte, und wenn ja, auf welche Frage, also zog er es, vor erst mal die Klappe zu halten.

„Ich wusste nur noch nicht, ob sie selber am Steuer waren, oder vielleicht doch einer ihrer Freunde. Wie zur Hölle haben sie sich das vorgestellt? Sie arbeiten hier einfach weiter, fahren fröhlich mit dem Vorführwagen spazieren, und in einem Jahr nehmen sie sich mal eben nen Tag für den Idiotentest frei, und dann Schwamm drüber?"

„Ich weiß es doch auch nicht, Herr Gideon, wir waren aus, feiern, und dann hab ich das Auto vor der Diskothek stehen gehabt. Das war alles nicht so geplant. Alles ist einfach schiefgegangen."

„Ja", knirschte Gideon, „gegangen – gutes Stichwort. Ich mag sie, sie sind sogar ein ganz passabler Verkäufer. Aber sie werden verstehen, dass nach so einem Vorfall ihre Tätigkeit in unserem Haus beendet ist. Und zwar ab jetzt. Gehen sie. Wenn sie über die notwendigen Grundvoraussetzungen bei uns zu arbeiten verfügen, also Fahrerlaubnis und reflektiertes erwachsenes Verhalten, dann dürfen sie noch einmal bei uns anklopfen. Aber machen sie sich keine allzu großen Hoffnungen. Die aktuellen Vorgänge und noch zu Erledigendes übergeben sie an den Kollegen Jakob."

Gideon stand auf, ging um den Schreibtisch und hielt Frank tatsächlich noch zum Abschied die Hand hin.

„Was werden sie nun machen?", fragte Gideon, als Frank sich gerade anschickte, aus dem Büro zu gehen.

Er drehte sich noch kurz um und meinte: "Zuletzt bin ich Taxi gefahren." Dann verließ er Gideons Büro und, ohne sich um Weiteres zu kümmern, das Gelände auf dem er die letzten 10 Monate gearbeitet hatte. Zu Fuß.

Mit den Kollegen war er nie wirklich warm geworden, sollten Sie doch sehen, wie sie mit seinen bereits eingeleiteten Verkaufsvorgängen klarkamen. Das ging ihn nichts mehr an.

Frank steuerte auf die Bushaltestelle zu, er würde eine knappe Stunde benötigen, vermutete er. Busfahren war nicht so sein Ding. Aber vermutlich sollte er seine Einstellung den aktuellen Gegebenheiten etwas anpassen, dachte er noch benommen von dem Gespräch.

So allmählich dämmerte ihm die Tragweite der gesamten Geschichte.

Frank musste bald 20 Minuten auf den Bus warten, stieg vorne ein als der Fahrer das Gefährt knirschend auf dem Schotter, der sich auf der Haltebucht des Busses angesammelt hatte, zum Stehen gebracht hatte und nannte dem Fahrer sein Ziel.

„Hohe Geest", murmelte er und kramte in der Innentasche seines Jacketts nach seinem Portemonnaie.

„Da fahr ich nicht hin, aber sie können am

Duesbergweg umsteigen. Macht € 2,90. Wenn sie online gebucht hätten, wären es nur € 2,60. Kleiner Tipp fürs nächste Mal."

Frank gab dem Fahrer drei Euro und wartete darauf, dass dieser seine Geldwechselmaschinerie in Gang brachte, fischte schließlich unten am Gerät seine 10 Cent heraus und nahm die Fahrkarte entgegen.

„Sie müssen nur auf die Durchsagen achten, der Duesbergweg wird auch genannt, und da müssen sie dann raus und umsteigen in die Linie Neun. Die fährt nach Hiltrup."

Frank schaute ihn an und meinte: "Danke. Ach, und darf ich mal ihre Fahrerlaubnis sehn?"

„Was ist? Was wollen sie?", grunzte der Fahrer.

„Ach, vergessen sie`s.", er winkte ab und suchte sich einen Platz, während der grummelnde Fahrer den Bus aus der Haltestelle auf die Straße bugsierte.

Wenigstens war es einigermaßen warm und trocken, der September hatte es bis jetzt gut gemeint.

Frank stieg wie ihm geheißen am Duesbergweg aus und überlegte sich dann doch den Rest zu Fuß nach

Hause zu gehen. Tanja war noch auf der Arbeit, und vermissen würde ihn niemand, dachte er und spürte gleichzeitig sein Smartphone vibrieren, dass er nun auch wieder auf laut stellen konnte. Aber andererseits war ihm augenblicklich nicht besonders nach Konversation.

Er kramte es aus der Hose hervor und las die Nachricht, die nur aus einem großen pulsierenden Herzen bestand und von Tanja kam.

Sie wusste, dass er auf der Arbeit nicht immer privat telefonieren konnte und sandte ihm gelegentlich Nachrichten. So konnte er zurückrufen, wenn er die Zeit und Gelegenheit dazu fand, naja und sie gerade auch telefonieren konnte.

Dies war keine Gelegenheit und schon gar keine gute, befand er, verstaute das Gerät wieder in seiner Hose und setzte erst seinen schleppenden Fußmarsch fort und dann, zu Hause angekommen, sich auf die Couch und glotzte teilnahmslos auf das Hartz vier Fernsehen, dass sich in ihrer Wohnung breitmachte, genauso wie eine Mischung aus Trotz,

Resignation, Wut und Hilflosigkeit, die lähmend von Frank Besitz ergreifen wollte.

Er hatte einfach noch kein passendes Rezept, wie er Tanja beibringen sollte, dass sie ab sofort viel mehr weniger Geld und kein tolles neues Auto mehr hätten, was sie dann aber sicherlich prima und beziehungsfördernd mit dem Plus an gemeinsamer Zeit kompensieren könnten.

Er suchte nach zusätzlichem Potenzial in dieser Argumentationskette, vergeblich.

Sein Smartphone vibrierte, auf dem Display erschien ein großes pulsierendes Herz, gefolgt von einem kleinen Fragezeichen.

Eigentlich müsste ich diese Nachricht gesendet haben, dachte er und tippte: *Bin grad ein tolles Auto losgeworden, Schatz.*, um sich Zeit für was auch immer zu verschaffen.

Frank googelte *Lottogewinn*, die Chance betrug 1:140 Millionen.

Die Lottoscheine wären alle unmöglich aus zu füllen, bevor Tanja etwas merkte, geschweige denn bevor sie nach Hause kam, und womöglich wollten die von dem Lottoladen auch Vorkasse, und dann ist das Ganze ja wieder totaler Schwachsinn, weil die Lottoscheine zusammen ja auch viel teurer wären als der zu erwartende Gewinn.

Mit dem Smartphone kontrollierte er seinen Kontostand: € 4.653,27 Haben.

Er hatte gut verdient und ein wenig Sparen können, aber das Geld wär rasch weg, und wenn die

Arbeitsagentur ihn erst mal mit einer Sperre belegen würde, was das Arbeitslosengeld betraf, na dann gute Nacht. Mit drei Klicks kündigte er den Dauerauftrag für die Miete.

Nicht die endgültige Lösung, aber so ist vorerst ein Teil meines fehlenden Einkommens kompensiert, dachte er.

Frank wählte Jürgens Handynummer.

„Hey Mann, alles klar bei dir? Wo bist du? Du rufst doch vom Handy aus an. Hast heute frei?", wollte der wissen.

„Alles gut. Du kann ich mal dein Auto haben? Ich muss was einkaufen und hab keine Lust alles zu schleppen."

„Wieso, was ist denn mit deinem Superkarren? Hat dir dein Chef das Auto weggenommen?"

„Nee, Tanja ist heute damit unterwegs, die muss nach der Arbeit noch was erledigen, und da hab ich ihn ihr halt gegeben."

„Was? Sonst stellst du dich mit den Autos immer so an. Ist ja schon ein Wunder, wenn da mal jemand mitfahren darf. Und du hast ihn Tanja einfach so ausgeliehen? Im Ernst, jetzt?"

„Ja, sag ich doch. Also was ist jetzt? Leihst du mir deine Karre? Nur für ne Stunde oder zwei."

„Ist gut, musst ihn dir aber holen. Ich kann hier grad nicht weg. Stella fängt jetzt dienstags immer erst um 18:00 Uhr an. Die ist da voll auf so einem esoterischen Trip und nimmt an irgendeinem *Wir lernen jetzt unseren Namen tanzen Kurs* teil. Was bedeutet, dass ich den Laden bis dahin alleine schmeißen darf."

„Alles klar, danke. Ich bin gleich bei dir." Frank legte auf und zog sich Jeans und Pulli an.

Der Laden, das war die kleine Eckkneipe, die Jürgen bezeichnenderweise *Die Kneipe* genannt hatte. Frank hatte sich schon oft gefragt, ob Jürgen eventuellem Nachwuchs auf *Das Kind* taufen würde. In völliger und anhaltender Ermangelung gebärfreudiger und williger Frauen, die diese Eigenschaften auf Jürgen fokussierten, stellte sich diese Frage jedoch vorerst nicht.

In Jürgens Kneipe hatte der Schlamassel am Samstagabend begonnen. Frank war so gut wie nie angetrunken Auto gefahren. Das hatte er immer prima im Griff gehabt. Nur ratzeputze voll, da war er dann plötzlich der Meinung, Auto fahren wär ne prima Idee.

Aus diesem Grunde hatte er, schon zum

Selbstschutz, die Autoschlüssel meist zu Hause gelassen, wenn er sich mit Kumpels traf um einen zu trinken.

Am Samstag war er mit dem Auto zur Kneipe

gefahren, obwohl er für den Weg zu Fuß nur drei Minuten gebraucht hätte. Ein grandioser Fehler.

Jürgen stand hinter dem Tresen, polierte Gläser und war der Einzige in dem Laden.

„Hey, na wie geht`s? Alles klar bei dir?"

„Ja klar, wieso?", argwöhnte Frank, wobei er versuchte nicht argwöhnisch zu klingen.

„Dann ist ja gut. Willst ein Pils?"

„Ich wollte mir dein Auto leihen, schon vergessen? Und da willst du, dass ich vorher Bier trinke?"

„Ich fragte, ob du willst.", er schaute Frank fragend an.

„Ich muss noch fahren.", gab er einsilbig zurück.

„Gute Einstellung, wirklich. Gefällt mir. Womöglich jedoch etwas spät dafür."

Frank brauste auf, „Scheiße, was soll der Mist?"

„Du willst mein Auto?"

„Ja man, wie oft denn noch?"

„Zeig mir mal deinen Lappen."

„Jetzt mach mal halblang. Du bist heute schon der zweite der den blöden Führerschein sehen will.", entrüstete sich Frank

„Dann wird der andere einen guten Grund gehabt haben dich danach zu fragen. Mensch Frank, ich bin Wirt. Ich weiß, wann ich meine Stirn in Falten legen muss. Hör auf, mir irgendeine Story zu

erzählen. Und falls du dich noch erinnern kannst, ich bin auch dein Freund."

„Schöner Freund.", blaffte Frank.

„Weiß es Tanja schon? Auch das wegen deines Jobs?"

„Bist du `n verdammter Hellseher geworden, oder was ist los?"

„Nein, immer noch nur Wirt, aber da lernt man das Hellsehen quasi nebenher.", versuchte Jürgen witzig zu sein, und konstatierte nüchtern: „Also,

Füherschein weg, damit Job weg und somit Auto weg, und Tanja hat keinen blassen Dunst. Ist das so in etwa treffend formuliert?"

„Hm", machte Frank.

„Okay, ich spiel dir hier mal nicht die große

Mitleidsnummer vor. Das hält sich nämlich auch so ein kleines bisschen in Grenzen. Denn wenn ich das so richtig auf die Reihe bekomme, dann wolltest du Dir eben noch mein Auto ausleihen. Ich habe hier den ganzen Tag Radio gehört, und davon, das man ab sofort keinen Führerschein mehr braucht, wenn man sich das Auto seines Kumpels ausleiht, haben die einfach nix erzählt."

„Ist ja gut. Ich habe es verstanden."

„Bist nur angehalten worden, oder hast die Karre vom Autohaus gleich noch geschrottet?"

„Ersteres. Und heute bin ich ganz normal zur Arbeit gefahren, und dann hat der Gideon mich ins Büro geholt. Im Grunde wusste der schon alles.

Die Bullen hatten bei ihm angerufen, weil er ja eigentlich der Halter ist. Und dann war Schluss mit lustig. Der hat mich direkt gefeuert."

„Und das wundert dich? Der Mann ist da eher mit der handelsüblichen Sichtweise gesegnet, und nicht mit der fränkischen. Er hätte dich noch eben in die Werkstatt schicken sollen."

„Warum?"

„Damit er die Schrauben nachzieht, die bei dir wohl locker sind."

„Witzbold.", entgegnete Frank.

„Was wolltest du eigentlich mit meinem Wagen?", wollte Jürgen wissen.

„Ich hatte gedacht, ich mach Tanja und mir ein tolles Abendessen, und dabei wollte ich es ihr beichten."

„Keine ganz schlechte Idee, wenn man mal außer Acht lässt, dass du für den Großeinkauf gleich den nächsten Scheiß bauen wolltest. Jetzt pass mal auf, auch wenn du das noch nicht so richtig geschnallt haben solltest. Ich bin dein Freund, und so richtig gute Freunde findet man nicht an jeder Ecke. Das sollte dir eigentlich klarmachen, dass man an diesem Band der Freundschaft nicht so ewig dran ziehen kann. So ein Ding kann auch mal reißen, verstanden?"

Frank nickte.

„So, und jetzt Schwamm drüber. Folgender Vorschlag: Tanja und du, ihr beiden kreuzt hier heute Abend so gegen acht Uhr auf. Ich nehme doch richtig an, dass Tanjas Termin nach der Arbeit nur so dahin gesagt war von dir? Dann setzt ihr euch da vorne an den Tisch, lasst euch beiden von mir ein leckeres Menü servieren, und du wirst gefälligst alles an Charme und gute Laune auspacken, was du so zu bieten hast. Und im geeigneten

Moment wirst du dich um das Dessert bringen, das sie sich in Gedanken schon für dich ausmalt, wenn ihr in eurem schnuckeligen Bettchen liegen werdet. Die Nachspeise wird der reine Wein sein, den du ihr hier und heute Abend einschenken wirst. Hast du das geschnallt?"

„Jürgen, hast du ne Ahnung, was mir dieser Job

bedeutet hat? Wie hart ich gearbeitet hab, um dahin zu kommen? Hast du einen blassen Schimmer von dem, was das alles für mich bedeutet? Meine ganze Welt bricht wie ein Scheiß Kartenhaus zusammen."

„Ja, du bist zwei Jahre lang zur Abendschule

gegangen, nebenher Taxi gefahren und hast am Ende deine Zeugnisse frisiert und in deinen

Bewerbungen das Blaue vom Himmel runter

gelogen. Wenn du mich fragst, dann war die Taxifahrerprüfung die größte Herausforderung, denn dafür musstest du wirklich büffeln. Jetzt reiß dich mal zusammen. In ein paar Monaten haste den Schein wieder und vertickst weiter fröhlich Autos. So, und jetzt hau ab. Geh nach Hause, duschen, zieh dir was Anständiges an, und um acht kommt ihr gemeinsam her."

Jürgen drehte Frank um die eigene Achse und schob in sanft aber zielsicher vor sich her und aus der Kneipe heraus.

Als Frank den Druck von Jürgens Händen am

Rücken nicht mehr verspürte und sich umdrehte, sah er lediglich noch, wie sich die schwere Eichentür mit den Bleiglasfenstern schloss.

Er trabte heimwärts und schaute auf seine Armbanduhr. Tanja würde in ca. zwei Stunden kommen, und dann hätten sie noch eine gute Stunde, bis sie bei Jürgen sein sollten.

Ihm war nicht wohl bei der Sache. Sie waren nun seit fast drei Jahren zusammen. Seit einiger Zeit sprach Tanja immer häufiger von Kindern, oder zumindest von einem, und wie supertoll es wäre eine Familie zu sein, wo sie doch nun auch über die finanziellen Mittel verfügten.

Frank war sich nicht sicher, ob er schon dafür bereit sei. Mit 28 Jahren haben zwar viele Paare schon Kinder, aber er hatte Angst davor etwas zu

verpassen, von dem er nicht wusste, was es sein könnte. Abgesehen davon, war er nicht mal in der Lage auf seinen Führerschein aufzupassen, beziehungsweise auf sich selber, dachte Frank.

Jasmin und Peter hatten Kinder, aber die waren auch schon bald zehn Jahre älter. Naja, wenn man in Betracht zog, dass der ältere ihrer beiden Sonnenscheine demnächst zehn wurde, waren Tanja und Frank bereits im Hintertreffen. Aus der Ferne betrachtet, hatte Frank Kinder eher so als Zeit und geldintensive Hemmschuhe gesehen. Die beiden im speziellen Falle, fielen in so etwas wie eine Schockstarre, sobald sie bemerkten, dass sie jemand aus einen W-Lan Bereich herausgelockt hatte.

Dennoch begann er sich allmählich etwas besser zu fühlen. Wahrscheinlich war es auf das Gespräch mit Jürgen zurückzuführen, obwohl es weniger ein Gespräch war, als das Jürgen ihn zusammengefaltet hatte. Aber er muss gewusst haben, dass ich am Samstag mit dem Auto gekommen bin, sonst hätte er sich unmöglich alles so fix zusammenreimen können.

Als er zu Hause angekommen war, tippte Frank eine Nachricht für Tanja in sein Smartphone: *Hallo Schatz, um acht sind von Jürgen eingeladen. Er kocht uns was Leckeres. Bis später.*

Es dauerte nicht lange und sein Handy schnurrte mit der eingehenden Antwort: *Prima, ich freu mich! Bin um sieben da.*

Nein, erst um acht, bei Jürgen, schrieb er schmunzelnd.

Du hast mich schon verstanden. Ich bin um sieben daheim, kam es prompt zurück, versehen mit dem Emoticon eines kleinen, grollenden Teufelsgesichts.

Frank beließ es dabei. Vielleicht sollte ich es gerade nicht übertreiben, dachte er.

Um Viertel vor sieben stand er in der Küche, hatte bereits geduscht und hielt sich an seinem dritten Kaffee fest.

Eigentlich hätte er inzwischen ordentlich Hunger haben müssen, aber sein Magen schien sich verkrampft zu haben ob der anstehenden Beichte.

Er hörte, wie die Wohnungstür entriegelt wurde und erstarrte innerlich.

„Hallo Schatz, du bist ja schon da." Tanja umarmte ihn und drückte ihm einen Kuss auf die Lippen. „Hast du mich vermisst?", fragte sie lächelnd und kontrollierte es mit einem neckischen Griff in seinen Schritt um sich ihm in Erinnerung und sonst was zu bringen.

Dann ließ sie von Frank ab und meinte: „Puh, bin ich geschafft, und gegessen habe ich auch fast nichts, nur so ein belegtes Brötchen vom Bäcker. Trifft sich gut das mit Jürgen. Ich habe nen

Bärenhunger. Gibt`s nen besonderen Anlass für die Einladung?"

„Nee, ich denke, er hat einfach mal wieder Lust uns zu sehen."

„Aha? Du warst am Samstag da, schon vergessen? Und zwar so gründlich, dass du quasi den

kompletten Sonntag zur Rehabilitation brauchtest. Aber mir soll`s recht sein. Ich zieh mich nur kurz um.", und damit verschwand sie im Bad.

Eine halbe Stunde später standen sie unten auf der Straße und Frank schluckte die Antwort „Gar nicht" hinunter, als Tanja natürlich gefragt hatte, wo er denn geparkt habe. Stattdessen meinte er: "Lass uns die paar Meter doch mal laufen. Tut uns gut. Außerdem ist doch noch tolles Wetter."

Er konnte es fast physisch spüren, als ihn ihr prüfender Blick im Nacken traf, während er die ersten Schritte Richtung Kneipe unternahm und ihre Antennen ausfuhren, um ihn sorgfältig zu durchleuchten und er nur: „Was ist, kommst du nun?" sagte und dabei bewusst darauf verzichtete sich umzudrehen und sie anzuschauen.

Fünf Minuten später saßen sie bei Jürgen in der Kneipe. „Was gibt's denn Leckeres heute?",

erkundigte sich Tanja munter. „Wirsing mit

Mettenden.", entgegnete Jürgen.

„Ich dachte immer, das sei ein Winteressen.", mischte sich Frank ein.

„Manchmal weht auch so ein kalter Wind.",

sinnierte Jürgen und trabte Richtung Tresen.

„Alles klar bei euch?", wandte sich Tanja Frank zu.

„Ja nee, alles super.", grinste er mühsam. „Wie war dein Tag? Hast noch kaum was erzählt.", gab er vor wissen zu wollen. Wohl wissend, dass er der

Nächste wäre, der an die Reihe käme Neuigkeiten zu verbreiten.

Und während sie über ihren Job als Arbeitstherapeutin referierte, etwas das Frank in schöner Regelmäßigkeit sehr amüsierte, da in der gemeinnützigen Einrichtung, in der Tanja arbeitete, so Einiges derart abstrus ablief, dass es bestens dazu geeignet war, Tanja ganz schön auf die Palme zu bringen. Sie arbeitete in einem großen Sozialkaufhaus mit über 1800 m² Verkaufsfläche, in dem, von Bürgern gespendete Waren, weiterverkauft wurden. Betrieben wurde das Ganze mit langzeitarbeitslosen Menschen, die dort als „1 € Jobber" eingesetzt waren, ehrenamtlichen Helfern und neuerdings auch Flüchtlingen in Integrationsmaßnahmen.

Insgesamt waren es ca. 90 Klienten. Und Tanja hatte die stellvertretende Leitung inne; für die Klienten und sieben hauptamtlich mitarbeitende Kollegen, von denen zwei Frauen waren.

„....., ich war kurz davor alles hinzuschmeißen.", bekam er am Ende noch mit.

Sie blickte ihn mit ihren wunderschönen, erwartungsvollen Augen an, die ihn aufforderten ihr Leid zustimmend zu teilen.

„Hm, so ging es mir heute auch.", versuchte er sich.

„Wie jetzt? Was war los heute? Du hast doch sogar noch ein Auto verkauft, oder nicht? Hast du doch geschrieben, oder?"

„Um deine vierte Frage zu beantworten: Nee, habe ich nicht, hab nur geschrieben, dass ich eines

losgeworden bin. Und die zweite Frage: es ging mir heute wie dir, nur der Gideon war fixer."

„Ich versteh nur Bahnhof!" Tanjas Augenbrauen

hoben sich und die kleine wohlbekannte Falte

auf ihrer Stirn.

„Und genau den solltest du verstehen", wand er sich

„denn da sind wir zukünftig häufiger."

„Versuchst du mir gerade etwas zu sagen, was ich überhaupt nicht hören möchte?", fragte Tanja fast flüsternd und nicht ohne drohenden Unterton.

„Ist nicht komplett auszuschließen.", und an Jürgen gewandt: „Sei so lieb und schneid die Würste vor, sonst kommt mein Schatz noch auf die Idee am Verkehrten rum zu schnibbeln. Also an Besteck brauchen wir nur Löffel. Ich bin hier verbal im Zieleinlauf und kann grad keine Messer brauchen." Frank war in Fahrt und reckte seinen Kopf wieder zu Tanja. „Wo war ich gleich noch stehen geblieben?"

„Am Bahnhof."

„Achja, also der Gideon, der meinte, ich soll jetzt erst mal ne Weile zu Hause bleiben."

In der Kneipe war ansonsten kein Gast. Jürgen hatte sie heute für niemanden sonst geöffnet. Manchmal nahm er sich die Freiheit. Naja, dachte Frank, er kann es sich halt leisten. Jürgen kam mit dem Essen und stellte unwillig die Teller vor ihnen ab. Vermutlich war er Zeuge gewesen von Franks hilflosem Versuch.

„Um Himmels willen. Hast du mit dem erbärmlichen Gequatsche tatsächlich Autos verkauft? Du spinnst doch total."

Er schaute zu Tanja: "Um es kurz zu machen, Frank hat sich am Samstagabend bei mir voll laufenlassen und ist anschließend mit dem Auto Heimgefahren. Soll heißen, er hat es probiert. Dabei wurde er von den Bullen raus gewunken, und die haben gleich seinen Führerschein kassiert. Und heute wurde er deswegen gefeuert. Das ist die reine, ungeschönte Wahrheit."

Tanja schaute Jürgen an, als würde sie glauben er habe einen Scherz gemacht. Mit gerunzelter Stirn und hochgezogenen Brauen entglitt ihr lediglich ein: „Nee, iss nich wahr, oder?", dass sich bereits an Frank richtete, obwohl es ihr noch nicht gelungen war, den Kopf in seine Richtung zu drehen.

„Ich fürchte, meinte Frank gedehnt, Jürgen hat den Konsens ganz gut getroffen, auch die kausale Verknüpfung zu der Tatsache, dass zukünftig ein anderer Name an meinem Büro hängen wird, das mittlerweile nicht mehr meins ist. Oder, um deine Frage mit nur vier Wörtern zu beantworten: Doch, es ist wahr." Er wandte seinen Blick von dem

Karomuster der Tischdecke ab und versuchte den ihren

einzufangen. Er fing sich jedoch nur die Ohrfeige ein, die zielsicher auf seiner linken Wange landete.

„Du bist krank", konstatierte Tanja erstaunlich

gefasst.

„Ja, beginnende Kopfschmerzen", teilte sich Frank mit, der sich die Wange rieb, während ihm aufging, dass er die Sache möglicherweise besser hätte

angehen können.

Tanja stand ruckartig auf und verkündete: „Ich gehe jetzt nach Hause, pack ein paar Sachen zusammen, und dann schlaf ich bei meiner Mutter. Vorerst. Ich hab keinen Bock mir das länger anzuhören. Ruf mich an, wenn du wieder normal bist."

Etwas in der Form hatte Frank heute schon mal gehört, erkannt jedoch, dass es nicht ratsam war, Tanja in diesem Moment darauf hinzuweisen. Er fühlte sich wie erschlagen, wusste aber, dass die Ohrfeige nicht ursächlich dafür war.

„Sorry wegen des Essens. Aber du verstehst vielleicht?!", meinte Tanja in Jürgens Richtung. Sie hatte sich bereits ihre Jeansjacke übergestülpt und die Handtasche geschnappt.

„Kein Ding", kam es zurück, mach dir keinen Kopf."

Dann entschwand Sie, ohne Frank eines weiteren Blickes zu würdigen.

Der fixierte versonnen ihren Stuhl, auf dem sie

gerade noch gesessen hatte.

Jürgen kam mit zwei frisch gezapften Pils angetrabt, stellte eines vor Franks Nase ab, setzte sich, reckte sein Pils kurz in Franks Richtung und meinte

erschöpft: „Na dann mal Prost, du Vollidiot!".

Er leerte sein Glas mehr als zur Hälfte, steckte sich eine Zigarette an, lehnte sich zurück, blies den Rauch Richtung Decke und blinzelte abwartend durch den blauen Qualm in Franks Richtung.

Frank schielte über den Tisch nach Jürgens

Zigarettenschachtel, griff danach und meinte: „Krieg ich eine?"

„Du hast dir heute schon ziemlich viel

rausgenommen, da kommt`s auf ne Zigarette nicht mehr an.", philosophierte er.

Frank fingerte sich ein Stäbchen raus und steckte es sich zwischen die Lippen ohne es an zu zünden. Dann widmete er sich wieder den Karos auf der Tischdecke, indem er mit seinem rechten

Zeigefinger die Formen nachzeichnete.

„Scheiße!", entfuhr es ihm.

„Was meinst du genau?", fragte Jürgen.

„Na alles."

„Ja", rang Jürgen sich ab, „schätze das ist ne passende Beschreibung der Situation."

Dienstag

Frank saß auf der Couch im Wohnzimmer, schaute, ohne ihn wirklich wahrzunehmen, in die Richtung des Fernsehers, und klammerte sich an seinen Kaffee.

Tanja hatte Wort gehalten. Sie war nicht da gewesen als er gestern nach Hause gekommen war, genauso wie zwei Koffer, ein Gutteil des Inhaltes Ihres Kleiderschrankes, und Franks Zahnbürste hatte einsam im Zahnputzbecher rumgelungert.

Im Flur hatte Tanja einen Zettel deponiert.

Ruf mich nicht an. Ich melde mich bei Dir., hatte sie geschrieben.

Frank schnappte sich einen Kugelschreiber, strich das *nicht* durch und drückte auf seinem Handy

Tanjas Kurzwahlnummer.

„Hallo, hier ist die Mailbox von Tanja. Leider bin ich im Moment beschäftigt, aber hinterlass mir doch einfach eine Nachricht", tönte es fröhlich.

„Ich bin es.", brachte er seinen Monolog in Gang. „Naja, zweifach wär ja auch blöd. Ich mein wegen dem *einfach* eine Nachricht hinterlassen. Da müsst ich ja alles doppelt sagen. Und überhaupt, wiederholt man dann einfach jedes gesagte Wort, oder muss man sich alles merken, und dass dann nochmal sagen? Aber ist ja dann wahrscheinlich auch egal.

Du hast mir nen Zettel dagelassen. Mir ist da Kaffee drüber gelaufen, und jetzt kann ich nur noch was von wegen dich anrufen lesen. Also das hab ich jetzt gemacht. Aber du arbeitest ja grad und kannst nicht rangehen. Und apropos Gehen, ich bin da wohl zu weit gegangen. Also ich weiß, dass ich Mist gebaut hab und... Ach scheiße. Ich will auch nicht, dass du gehst.

Obwohl du ja wohl gestern schon gegangen bist. Aaaah, ich kann das nicht; so mit dir reden, ohne dich, und das weißt du. Ruf mich zurück. Bitte! Du fehlst mir!"

Frank googelte nach seinem zuständigen Jobcenter, der Adresse und nach den Voraussetzungen um in den zweifelhaften Genuss von Arbeitslosengeld 1 zu kommen.

Er fand heraus, dass man fein säuberlich zwischen Jobcenter und Agentur für Arbeit unterschied, und Letztere für ihn zuständig sei.

Ganz nebenbei erhärtete sich seine dunkle

Vorahnung. Alles sah danach aus, als ob ihm eine

Sperrzeit blühte.

Aber da stand eben auch, das Zahlungen

frühestens ab dem Tag der Antragstellung berechnet oder gewährt werden können.

90 % dieser wenig erfreulichen Neuigkeiten waren ihm, dank Tanjas Arbeit, sie hatte beruflich viele

Berührungspunkte mit dem Jobcenter, schon bekannt gewesen, und der Rest hatte seinen

Befürchtungen entsprochen.

Es war halb zehn, der Laden hatte auf, das Wetter war okay. Frank druckte sich seinen Lebenslauf aus. Den Richtigen, er fand, er hatte schon genug Ärger.

Sein Fahrrad stand im Keller, und anscheinend war das auch sauer, dass sich so lange niemand

gekümmert hatte. Es war völlig verstaubt und hinten platt.

Frank durchwühlte fluchend das Kellerregal, in dem er die Luftpumpe vermutete, und begann schließlich schnaubend dem Fahrradschlauch, mittels der ebenfalls total verstaubten Pumpe, Luft

einzuhauchen, die dieser sogar bereitwillig in sich zu behalten schien.

Frank bugsierte den Drahtesel über die enge Kellertreppe auf die Straße und trat kräftig in die Pedale Richtung Arbeitslosengeld 1.

Er schloss sein Rad ab, betrat das Foyer und steuerte auf die Rezeption zu, hinter deren Glasscheibe sich eine reserviert dreinblickende Frau mit merkwürdig geschwungener Hornbrille verschanzt hatte. Frank reihte sich in die Schlange von etwa acht

potenziellen Schicksalsgenossen und schaute sich in dem Vorraum um. Die meisten der Kunden, er hatte im Internet gelesen, dass auch die Bittsteller bei den Arbeitsämtern so genannt werden, schienen mit der Umgebung vertraut, steuerten zielstrebig Treppen, Fahrstuhl oder Bürotüren an, um sich vermutlich anzumelden.

„Ja bitte?", forderte die Hornbrille ihn unwirsch auf, als er an der Reihe war und dies nicht gleich realisiert hatte.

„Ich muss, bzw. ich möchte mich arbeitslos melden", entgegnete Frank, während er versuchte die kleinen, kalten Äuglein hinter der riesigen Brille ins Visier zu nehmen.

„Ach, na ist ja mal was ganz Neues", teilte sie desinteressiert mit, während sie ihn geringschätzig betrachtete.

„Ja, sie haben hier bestimmt wenig Abwechslung in Ihrem Job. Und da dachte ich mir, Frank, kommst mal vorbei und heiterst die nette Dame mit einer völlig neuen Thematik auf."

„Sie kramte ein Formular von Ihrem Schreibtisch und schob es durch den schmalen Schlitz unter der Glasplatte, sodass es vor Frank auf dem Tresen lag. „Ausfüllen, dahinten an der Wand eine Nummer ziehen und warten bis sie aufgerufen werden. Aber sie sind nicht der Einzige. Es kann dauern.", kam es aus der Brille, ohne dass sie eine Mine verzog.

Hut ab, dachte Frank. Na die hat mal Haare auf den Zähnen.

„Sie hatten mich also schon erwartet?", setzte Frank noch einen drauf, bereits irgendwie erahnend die falsche Strategie damit zu verfolgen.

„Was? Wieso sollte ich?", hakte die Brille mit einem leichten Anflug von Verunsicherung in der Stimme nach.

„Na, sie haben doch gerade gesagt, dass ich ausgerufen werde. Dann müssen sie doch schon meinen Namen kennen, sonst geht das doch gar nicht, oder?"

Die Brille machte eine Handbewegung, als wolle Sie ein lästiges Insekt verscheuchen, und blickte kalt durch Frank hindurch den nächsten Klienten an, wobei Sie ihr erprobtes „Ja bitte", erneut verlauten ließ.

Frank ließ es gut sein und beschloss dann doch erst am Nummernautomat eine Nummer zu ziehen. Wo er doch jetzt erfahren hatte, dass er nicht der Einzige sei.

278 prangte in fett gedruckten Ziffern auf dem Abrisszettel, den er in der Hand hielt und skeptisch beäugte, nachdem er sich im Kundenwartesaal auf einem der Stühle niedergelassen hatte und darüber nachdachte ob er schon Kunde war, weil sein mittlerweile zwar ausgefülltes Formular zusammengefaltet in seiner Tasche lag, aber eben doch noch nicht bearbeitet worden war.

Er kramte sein Smartphone hervor und betrachtete das Display. Keine Nachricht von Tanja.

Frank schaute sich um. Die anderen Kunden, oder Möchtegernkunden, deren Antrag auch noch nicht bearbeitet worden war, wer wusste das schon, rieben und drückten auf ihren Smartphones rum oder schauten mit betretenem, manchmal gelangweilten oder auch angespannten Gesichtsausdruck, blöd aus der Wäsche. Diejenigen, die wussten, wie der Hase hier läuft, hatten sich wohlweislich mit irgendeiner Lektüre ausgestattet. Andere studierten die ausgelegten, bunten Flyer.

An der gegenüberliegenden Wand von ihm hing eine elektronische Anzeigentafel, die nacheinander die aus dem Nummernautomat gezogenen Nummern anzeigte und daneben die Nummer des Büros, in das der Delinquent sich zu begeben hätte.

Irgendwann, als der ungepolsterte Stuhl von Frank allmählich sehr unbequem wurde, leuchtete seine Nummer auf.

Frank erhob sich und trat wie elektronisch befohlen, und nicht ohne anzuklopfen, in Zimmer 6 ein.

Herr Walluschek, hatte er auf dem Schild neben der Tür noch lesen können, war also ab sofort sein pAp (persönlicher Ansprechpartner).

Zumindest dachte Frank dies noch, als er auf den älteren, rundlichen Mann mit seinen neugierigen und recht freundlichen wirkenden Augen zuging, der sich aus seinem Stuhl erhoben hatte und ihm die rechte Hand zur Begrüßung entgegenstreckte.

Herr Walluschek war tatsächlich nett, kooperativ und so routiniert in seinem Job, dass er ruckzuck herausgefunden hatte nicht für Frank

zuständig zu sein.

„Sie haben angegeben, Sie hätten als Taxifahrer gearbeitet, aber da waren Sie gar nicht

sozialversichert. Haben Sie das nicht gewusst? Ich meine", fuhr er fort, „da könnte man evtl. das Fuhrparkunternehmen belangen. Aber ob Ihnen das im Moment weiterhilft?" Er ließ die Frage offen im

Raum stehen und wusste, dass für Frank das Jobcenter zuständig sei, da er ohne die entsprechenden Pflichtbeiträge geleistet zu haben in Hartz 4 rutsche. Zudem sah er ein Problem in der Kündigung, die Frank ausgesprochen war, die würde sicherlich eine Sperrzeit der zu erwartenden Bezüge zur Folge haben.

Schlussendlich bestätigte er Frank wenigstens den Versuch der Antragstellung auf Arbeitslosengeld, gab ihm die Adresse des zuständigen Jobcenters und den Ratschlag den Kopf nicht hängen zu lassen und morgen früh, also wirklich früh, und früh sei direkt um acht Uhr, dort aufzutauchen.

Mittlerweile war es bald halb eins, und Frank fuhr mit seinem Rad und mittelprächtig ausgeprägter schlechter Laune durch den leichten Nieselregen nach Hause. Zwischendurch hielt er noch beim Nettosupermarkt und besorgte sich eine Tiefkühlpizza, weil er nicht wusste, was der heimische Kühlschrank noch so in sich barg.

An den heizenden Backofen gelehnt, wollte Frank seine Mails und eingegangenen Nachrichten auf dem Smartphone kontrollieren. Außer Spammails gab es keinerlei Neuigkeiten. Tanja hatte sich noch immer nicht gemeldet.

Er kramte sich die letzte Ausgabe der Westfälischen Nachrichten vom Samstag aus dem Altpapier und setzte sich mit ihr und der Pizza an den Küchentisch.

Es musste ein neuer Job her und das relativ bald, soviel war ihm klar. Er liebte Tanja und sie ihn auch dass wusste er. Genauso wie ihm klar war, dass sie einen gesteigerten Wert auf Sicherheit, auch in finanzieller Hinsicht, legte. Ihr geäußerter Kinderwunsch kam nicht von ungefähr.

Verkaufen konnte er, aber Autos verkaufen schied fürs Erste wohl mal aus. Wie wäre es mit Wohnungen oder Häuser, dachte Frank, da müsste man zwar auch hin, zu den Terminen vor Ort, aber es gibt ja auch noch Busse.

Frank durchsuchte die Stellenanzeigen. Verschiedene Versicherungen suchten Personal für die telefonische Akquisition, aber er wusste, dass der Job ein hartes Brot war. Ständig fremde Leute anrufen, die grad anderweitig beschäftigt sind und sie für einen Termin begeistern den sie gar nicht wollen. Das kann auf die Dauer ganz schön an die Substanz gehen.

Schließlich stieß er, an seiner Pizza nagend, auf ein kleines Inserat, in dem ein ehrgeiziger *Top-Phone-Seller* für Erotik DVD`s an Gewerbetreibende gesucht wurde.

Darunter stand eine Handynummer. Einen Firmennamen oder Ähnliches suchte Frank vergeblich.

Während er das dreckige Geschirr in die Spülmaschine sperrte, überlegte Frank, ob er schon tief genug gefallen war um sich an Strohhalme zu klammern, die niemals ein adäquater Ersatz zu seinem gestern Morgen noch gehabten Job sein könnten.

Ach was soll` s, dachte er sich und wählte die Nummer.

„Kreienboldt", dröhnte es aus dem Hörer.

„Lambertus. Guten Tag Herr Kreienboldt", strengte sich Frank an, lügend und selbstbewusst zurück zu dröhnen. „Ich melde mich aufgrund Ihrer Annonce in den Westfälischen Nachrichten vom Samstag. Sie suchen einen Telefonverkäufer bzw. Phone-Seller. Ist das noch aktuell?"

Er wusste nicht, warum er sich mit dem Vornamen eines entfernten Kumpels meldete, den alle Welt nur Bello nannte, nahm sich aber vor, sein Unterbewusstsein kurzfristig zu befragen.

„Hm, ja oder nein, je nach dem. Bisher haben sich komischerweise nur emigrierte Schwaben oder Sachsen gemeldet. Keine Ahnung, wo die plötzlich alle herkommen. Aber wir sind bundesweit am Markt tätig. Also, sprechen Sie hochdeutsch?"

Entweder hört der nicht zu, oder der hat nen Knall, dachte Frank.

„Unbedingt, ansonsten hätte ich bei geplanten Expansionen noch ein ganz passables Kisuaheli in petto."

„Solche Antworten will ich hören. Spontanität ist die halbe Miete, und den Rest erledigen wir vorher", dröhnte es heiter in Franks Ohr.

„Haben Sie ein Problem mit Medien mit pornografischen Inhalten?", wollte Kreienboldt wissen.

„Solange ich nicht mitspielen muss wird's gehen", entgegnete Frank.

„Na also, wann könnten Sie denn anfangen, oder sich vorstellen? Sind Sie frei? Ich bin noch ne Weile im Büro, wenn Sie wollen kommen Sie gleich vorbei. Was denken Sie?"

Frank war sich nicht sicher welche Frage Kreienboldt am liebsten und zuerst beantwortet haben wollte, also sagte er mal: „Jaa."

Schließlich ließ er sich von Kreienboldt die Anschrift geben, notierte sie und versprach um 16:30 Uhr da zu sein.

Frank googelte die Adresse und bemerkte erfreut, dass sie relativ bequem mit dem Fahrrad erreichbar war. Zudem waren noch fast zwei Stunden Zeit. Also ging er erst mal unter die Dusche.

Kreienboldt hatte nicht nach Bewerbungspapieren gefragt, und somit hatte Frank auch keine mitgenommen. Er drückte auf den Klingelknopf neben dem nichtssagenden Firmennamen: „Medienhandel Kreienboldt". Der Türöffner summte und Frank stemmte sich gegen die Eingangstür der Firma, die sich in der zweiten Etage eines mehrstöckigen Mietshauses befand.

„Herr Lambertus, nehme ich an?", eröffnete Kreienboldt, indem er ihm die rechte Hand kräftig schüttelte. Sie standen in einem länglichen, typischen Wohnungsflur, und Frank zählte insgesamt fünf Türen die daraus links und rechts abzweigten. Kreienboldt lotste ihn gleich in den ersten Raum rechts. Ein recht kleines Zimmer, in dem das dominierende

Möbelstück ein überquellender, alter Eichenschreibtisch war. Er bot Frank den Platz an der Stirnseite an.

„Möchten Sie etwas trinken? Einen Kaffee vielleicht?"

„Gerne", erwiderte Frank über den Tisch auf den großen Mann schielend, zu dem die dröhnende Telefonstimme gehörte, und wie er zugeben musste, auch passte.

„Prima, bin gleich wieder da. Schaun sie sich ruhig um."

Wobei er offen ließ, ob er die vielen Briefe und Ordner meinte, die auf dem Schreibtisch unordentlich drapiert waren, oder doch eher die Wände, die mit unzähligen DVD Covern von Pornos beklebt waren. Frank kam sich bald vor, als wäre er in der Zelle eines sexbesessenen Häftlings. Er fühlte sich von ungezählten Sexualorganen und wollüstig schauenden jungen Frauen gleichzeitig beobachtet.

Kreienboldt kam, mit zwei Kaffeebechern in der rechten Hand, herein stolziert und balancierte links auf einem Tablett Zucker und Milch. Mit einer ausladenden Geste schwenkte er die Kaffeebecher in einer Kreisbewegung durch den Raum und deutete damit wohl an die Wände beziehungsweise Pornocover, wie Frank vermutete.

„Darum geht's hier", röhrte er los, „die sollen sie alle für mich an den Mann bringen."

Frank besah sich, dass ein oder andere Cover genauer, letztlich war jedoch auf allen irgendeine grell geschminkte Frau zu sehen, die lüstern und mit eindeutiger Gestik und Mimik nach Sex gierte. Hier und da waren auch Paare abgebildet, Frauen mit extremster Oberweite, dicke, farbige und dünne Frauen, häufig in Lack und Leder oder Latex, irgendwie schien hier kein Wunsch unerfüllt zu bleiben, so abstrus er auch sein wollte.

„Hm", meinte Frank, „scheint ja zumindest für jeden Geschmack was dabei zu sein."

„Was genau machen sie hier eigentlich?" wollte er misstrauisch wissen.

„Sehen sie diese ganzen Frauen", begann er. Schon wieder diese ausladende Geste Richtung Zimmerwände, dachte Frank, und wer die DVD-Cover nicht bemerkt, ist eh nicht ganz sauber.

„All diese Frauen und Männer sind wahre Künstler. Ich habe es mir zur Aufgabe gemacht der breiten Bevölkerung diese erotische Kunst näher zu bringen."

„Also so nah wie: scheiß auf Tuchfühlung. Latexfühlung ist der springende G-Punkt? Oder: Hier werden Sie gekommen?", polterte es unwillkürlich aus Frank fragend heraus.

Kreienboldt erstarrte mitten in einer seiner Runden um seinen Schreibtisch wie eine Salzsäule. Er fixierte Frank mit eisernem Blick in den Augen, der auch durchaus als drohend durchgehen konnte.

Auf Frank wirkten die Augen irgendwie geschwollen, und er fragte sich unwillkürlich, wie viele Körperteile wohl sonst noch so anschwellen können, wenn man den ganzen Tag Pornos glotzt. Außerdem fragte er sich, warum er sich das fragt während ein großer und sicherlich kräftiger Mann ihn gerade bedrohlich anstierte.

Kreienboldt bewegte sich, mit für einen Mann mit seinem Gewicht, viel zu geschmeidigen und behenden Schritten auf ihn zu, seine Hand schoss vor, und Frank bemerkte erst im letzten Moment, dass sie nicht zur Faust geschlossen, sondern ihm auffordernd, mit der Handfläche nach oben entgegen geschleudert wurde.

„Sie haben den Job, ob sie wollen oder nicht", tönte er.

Frank dachte, dass er nur eine vage Ahnung habe und, dass sich hier alles irgendwie um Vaginas drehe.

Aber das half ihm auch nicht weiter bei seiner Entscheidung, zudem wusste er ja auch gar nicht was er noch entscheiden sollte. Kreienboldt hatte ja offensichtlich schon für ihn mitentschieden. Und er war doch schließlich hierher gefahren um sich auf den Job zu bewerben. Allerdings verunsicherte ihn die Tatsache, dass er ihm den Job quasi aufdrängte, anstatt an ihm herum zu mäkeln oder zu zweifeln. Dennoch besiegelte Frank den Deal, er fand keinen besseren Begriff für diese Art von Jobfindung, indem er, ohne weiter nach zu denken, in Kreienboldts noch immer ausgestreckte rechte Hand einschlug.

Frank fühlte sich, als hätte er sich gerade selbst überrumpelt. Vielleicht war der Entschluss, den Job an zu nehmen, doch etwas übereilt. Dunkel erinnerte er sich zu wissen, dass 49 % der Bevölkerung der Bundesrepublik Männer sind. Somit wäre quasi jeder zweite ein potentieller Kunde. Und wer weiß, wie viele Frauen sich abends, vorm zu Bett gehen, noch gerne mal nen Porno genehmigen. Dennoch, ihm fehlte die Statistik über regelmäßig Pornos schauende Mitbürger, und er hatte so seine Zweifel, ob es eine, auch nur annähernd gültige, gab.

„Ja und wie funktioniert das nun alles? Was genau muss ich machen, und gibt es ein Festgehalt."

„Das brauchen wir hier nicht", wusste Kreienboldt dröhnend.

„Wieso?", argwöhnte Frank.

„Festgehalt bedeutet, dass sie feste Geld verdienen, irgendwann feste krankfeiern, und ich feste pleitegehe. Außerdem werden sie sehr bald merken, dass sie hier gut und leicht vernünftiges Geld verdienen können."

Frank hatte noch nie von unvernünftigem Geld gehört, verzichtete aber auf einen Kommentar.

Wollte aber dennoch wissen, wie viel von dem Geld, das keine Dummheiten macht, monatlich zu erwarten sei.

„Das liegt ganz bei ihnen. Nach kurzer Einarbeitung, ich bin sicher sie lernen schnell, kommen sie sicherlich auf ihre € 2500,00. Und wenn sie Abonnements abschließen haben sie ruck zuck Ihr Festgehalt."

„Abonnements?"

„Ja, natürlich. Ich erklär `s ihnen. Also, wir haben hier Listen mit nahezu sämtlichen Videotheken und Erotikshops Deutschlands. Einige sind schon unsere Kunden, und die andern werden `s durch ihr Engagement. Sie werden schon sehen. Es ist ganz einfach. Sie rufen die an und bringen denen bei, dass sie unsere Filme in ihrem Sortiment unbedingt brauchen. Dafür können sie unsere Covers per Mail versenden, oder faxen, oder von mir aus auch, wenn`s unbedingt sein muss, per Post versenden. Versuchen sie die Filme im Paket zu verkaufen,

oder am besten eben Abos. Die meisten Produzenten bringen monatlich einen Film einer bestimmten Serie heraus, und wenn sie das als Abo verkaufen, haben sie bald ein hübsches Sümmchen als Grundgehalt.

Morgen zeige ich ihnen die Liste, wie sich ihre Umsätze, also ihr Verdienst, aufgrund der Verkäufe staffelt. Sie werden zufrieden sein. Ich glaube an sie."

Frank hatte nicht den blassesten Schimmer woher der Mann seinen Optimismus nahm, was seine Person betraf. Gideon ist da irgendwie zurückhaltender, um es mal vorsichtig zu formulieren, dachte Frank.

„Morgen früh um 10:00 Uhr erwarte ich sie! Sie haben doch gesagt, dass sie sofort anfangen können?"

„Ja, habe ich wohl", entgegnete Frank.

„Na also. Sehr gut. Dann bis morgen", dröhnte Kreienboldt und streckte ihm wieder seine fleischige Hand entgegen.

Frank verabschiedete sich brav, verließ das Haus und stand schließlich vor seinem Fahrrad, unschlüssig ob er flüchten oder sich freuen sollte.

In seinem Rucksack hatte er eine beachtliche Auswahl Erotik DVD`s, die Kreienboldt ihm vertrauensselig mitgegeben hatte, inklusive dem Ratschlag, sich ein wenig in die Materie einzuarbeiten. Wohl damit er auch bei kritischen Fragen potentieller Kunden standhaft bleiben konnte, grinste Frank in sich hinein, während er Richtung Kneipe radelte.

„Hey Jürgen", frohlockte er, „ich hab nen Job. Na, was sagste jetzt?"

„Willst nen Pils?", fragte Jürgen in jeder Hinsicht nüchtern.

„Mann, ein bisschen mehr Enthusiasmus hätt ich schon erwartet. Hier guck mal. Und ja, will ich." Damit ergoss Frank den Inhalt seines Rucksacks lässig auf den Tresen.

„Was um Himmels willen soll das denn?", verlangte Jürgen zu wissen. „Ist das deine Art dich auf dein zukünftiges Leben als Junggeselle vorzubereiten? Scheinst ja grad ziemlich schnell aufzustecken."

„Was? Nee Quatsch. Das ist mein neuer Job. Ich verticke die Dinger. Was sagst du jetzt?"

Jürgen lud zwei Pils auf der Theke ab und trabte gemächlich um sie herum, um Franks neuen Job zu beäugen.

Er piekte mit langem Zeigefinger vorsichtig gegen die DVD-Hüllen, wohl um den Stapel etwas aufzulockern und sich mit möglichst wenig Körperkontakt zu Franks neuem Job ein genaueres Bild machen zu können.

„Du arbeitest in einer Pornovideothek?", fragte er gedehnt, anscheinend ungläubig und überrascht gleichzeitig. „Oder wird`s noch schlimmer?"

„Du hast nen gepflegten Knall", entgegnete Frank. „Ich werde die Filme verkaufen."

„Okaayyy, und wer bitteschön soll Dir die Dinger abkaufen?"

„Na im großen Stil wird das gemacht. Ich werde Sie telefonisch an Videotheken verkaufen. Na was sagst Du?"

„Erst mal Prost", meinte Jürgen und langte nach den beiden Pils auf dem Tresen, von denen er eines an Frank weiterreichte und seines gleich zur Hälfte leerte.

„Komm, wir gehen mal raus, eine Rauchen", meinte Jürgen, klopfte Frank jovial auf die Schulter und stiefelte mit seinem Pils aus der Kneipe.

Frank folgte ihm unschlüssig.

Jürgen saß an einem der drei kleinen rechteckigen Tischen, mit dem durch sein gestreutes Rollsplit wackligen Stühlen, die er als seinen Biergarten bezeichnete und damit maßlos übertrieb, wie Frank fand und erwartete ihn.

„Setz dich mal hier zu mir hin", meinte Jürgen und winkte Frank heran.

Frank gehorchte ausnahmsweise widerspruchslos und lies sich eine Zigarette geben.

Jürgen beobachtete ihn aufmerksam, während er sich die Zigarette anzündete.

„Die ganze Geschichte hat dich ganz schön aus der Bahn geworfen, was?"

„Wieso? Was meinst du?"

„Naja, hast du eine Ahnung warum du mein bester Freund bist?", wollte Jürgen wissen.

„Hey was soll das? Was weiß denn ich? Weil wir uns schon ewig kennen. Uns immer aufeinander verlassen können. All die ganzen Geschichten miteinander erlebt haben. Wissen wie der andere tickt, und so weiter, und so weiter."

„Genau. Und so weiter, und so weiter. Aber ich weiß grad nicht wie du tickst. Darf ich dich mal was fragen? Wenn du nen Film sehen willst, egal was für einen, aber keinen Bock auf Kino hast, was machst du dann?"

„Na, ich such im Netz. Ist doch klar", fauchte Frank unwirsch.

„Bingo, genau das machst du, und genau das würde nahezu jeder andere Typ auch machen. Und jetzt tu mir die Liebe und hör mal nen Moment einfach nur zu, ohne mich zu unterbrechen. Die Sache mit den Videotheken ist gelaufen. Vermutlich gibt es keine tausend Stück mehr in good old Germany." Er hob beschwichtigend die rechte Hand. „Ist schon gut, sag nix. Was mich irritiert ist, dass du das nicht erkannt hast, das ist nicht deine Art. Ich will dir das nicht ausreden mit den DVD's, geh dahin und versuch sie zu verkaufen. Wahrscheinlich wird es dir sogar ne Weile gelingen, denn offensichtlich kannst du ja ganz gut verkaufen. Könnte man zumindest meinen, wenn man bedenkt wie du in der letzten Zeit verdienst hast. Und deswegen kann ich auch nachfühlen wie du empfinden musst, nachdem dir der Gideon gekündigt hat. Aber du reagierst total über. Du wirst lediglich eine Weile keinen Führerschein haben. Das ist verdammt noch mal alles. Das sollte dich bestenfalls ein wenig aufhalten, aber nicht aus der Bahn werfen. Und Tanja, Tanja ist das Beste was dir je passiert ist. Und wenn du aufhörst dich wie ein echtes Arschloch zu benehmen, dann wird sie dir auch zuhören. Mach nicht alles kaputt was du liebst. Fang wieder an ehrlich und fair zu dir selber zu sein. Und schalt dein verdammtes Gehirn wieder an", schloss Jürgen schelmisch grinsend.

Frank zog an seiner Zigarette: „Ne Menge hübsch klingender Pauschalitäten, die du da rauslässt. Hast auch was Präzises im Sinn?"

„Ja, hab ich, glaub ich zumindest."

„Soll heißen?", verlangte Frank zu wissen.

„Bleib mal hier sitzen, bin sofort wieder da." Jürgen stiefelte in seinen Laden und kam kurz darauf mit einem Tablett, auf dem er vier Pils balancierte wieder heraus um erneut auf seinem wackligen Stuhl Platz zu nehmen.

„Ah, Plan B: ich fang ab sofort damit an mich schon nachmittags bei dir volllaufen zu lassen. Du hast immer nette Gesellschaft, und beim Idiotentest sag ich dann später, ich hätte die letzten Monate damit verbracht in der Kneipe meines besten Freundes meine Probleme zu ersäufen."

„Keine gute Idee", meinte Jürgen grinsend, „diese Psychologen da kennen sich mit Problemen aus. Die wissen, dass die Dinger schwimmen können."

Er signalisierte Frank, mit einem Wink auf die Pils, dass er sich eines nehmen solle und lehnte sich, mit seinem in der Hand, in dem, durch das Rollsplit knirschenden Stuhl zurück.

„Ich glaub eh nicht, dass du den Idiotentest machen must. Du bist das erste Mal aufgefallen. Da gibt es ganz andere um die die sich kümmern müssen. Aber darum geht`s nicht. Ich habe da so eine Idee", verkündete Jürgen verheißungsvoll.

Frank verdrehte die Augen, sagte aber nichts.

„Okay", begann Jürgen gedehnt, „der erste Teil beinhaltet, dass du Tanja zurück gewinnen must. Und zwar aus zwei Gründen."

„Die da wären?"

„Unterbrich mich nicht! Das liegt doch auf der Hand. Tanja ist klug, schön und das Wichtigste: sie liebt dich. Auch wenn sie grad selbst nicht so davon überzeugt zu sein scheint. Aber Tanja ist *die* Frau, *Deine* Frau, glaub mir. Sie passt auf dich auf und hält dich in der Bahn. Oder um es mit Tanjas sozialarbeitertypischen Worten auszudrücken: Sie gibt deinem Leben Struktur, das ist wichtig, damit du nicht auf dumme Gedanken kommst, gerade jetzt in deiner Situation."

Frank beugte sich vor und schnappte nach Luft um zum verbalen Gegenangriff anzusetzen.

„Klappe, meckern kannst später, aber erst wenn du alles gehört hast", platzte es aus Jürgen heraus.

„Jetzt kommt der zweite Grund, warum du Tanja zurückgewinnen solltest. Also, wenn wir hier abends zusammen sitzen mit den Jungs, was machen wir dann? Hä?"

Frank blickte verständnislos. „Worauf willst du hinaus?"

„Zumindest nicht auf eine Gegenfrage. Ich will ne Antwort, also los. Was machen wir?"

„Naja, wir trinken Bier, lachen, erzählen irgendeinen Blödsinn."

„Jaja, genau das mein ich."

Jetzt dreht er gleich durch, dachte Frank. Während Jürgen sein zweites Pils fast komplett runter spülte, um sich wohl für den nächsten Teil seines Monologes zu wappnen.

„Wir lachen, wir lachen uns manchmal halb unter den Tisch. Und warum? Weil du Hirni uns die ganzen völlig verrückten Geschichten von Tanjas Job erzählst. Hast du noch nie mitbekommen, dass die anderen Gäste an der Theke sich manchmal den Hals verrenken um mit zu bekommen was du da erzählst?"

„Nöö, nicht wirklich." Frank versuchte sich an diese Abende zu erinnern.

„Mensch, mit den Storys die dir Tanja über den Monat hinweg von ihrem Job erzählt, kannst du uns bald nen halben Abend hier unterhalten. Und zwar richtig gut."

„Und was bitte, hat das jetzt mit mir und meiner Situation zu tun?", wollte Frank wissen.

„Mann, das ist Kapital. Kapierst du das nicht? Wenn du die Zeit nutzen willst, die du nun unfreiwillig hast, mangels Job und Führerschein. Dann schlag ich dir zwei Dinge vor: Zum einen kannst du hier bei mir in der Kneipe arbeiten und ein bisschen was verdienen. Denn Stella hilft mir hier sowieso nur noch so lange bis ich Ersatz für sie habe. Und das zweite, und jetzt halt dich fest; schreib ein Buch!"

Frank glotzte Jürgen von seiner Seite des wackligen Tisches, über die Gläser hinweg an.

„Das ist total bescheuert", begann er, „Du bist total übergeschnappt! Ich bin kein Schriftsteller, ich verkaufe Autos."

„Nee, tust du nicht. Zumindest die nächsten paar Monate nicht. Und im Übrigen, bevor du Autos verkauft hast, biste Taxi gefahren, und davor haste als Helfer bei dieser Steinwolle Firma in drei Schichten geackert. Wie heißt der Laden gleich noch?"

„Rockwool", antwortete Frank ganz automatisch.

„Genau. Rockwool. So heißt der Schuppen. Und davor haste als Automechaniker gearbeitet. Haste da schon an dich geglaubt? Ich meine, dass du mal bei Toyota Autos verkaufen und jede Menge Geld verdienen wirst?"

„Keine Ahnung. Was weiß denn ich?"

„Aber ich. Ich weiß es noch. Du warst nur unzufrieden, hast rum gequengelt und wolltest immer was anderes arbeiten.

Und jetzt schreibst halt mal ein Buch. Kann doch nicht soo schwer sein. Und selbst wenn es nicht klappt, was soll`s. In ein paar Monaten verkaufst du doch eh wieder Autos. So ist es doch, oder"

„Ja", meinte Frank gequält, „könnte eventuell klappen. Aber vielleicht sollte ich Tanja fragen, ob ihr der Gedanke recht ist, dass ich quasi ein Buch über ihre Arbeit schreibe. Das heißt, sobald sie beschlossen hat, wieder mit mir zu reden. Sie hat sich nämlich immer noch nicht gemeldet. Dabei habe ich ihr auf den Anrufbeantworter gesprochen."

„Ja, möglicherweise erfordert es etwas mehr als das, um die Geschichte wieder ins Lot zu bringen", entgegnete Jürgen. „Und sonst schreib halt mal ein paar Seiten, bevor du wegen dem Buch mit ihr redest. Musst halt gucken, dass sich niemand in der Geschichte wiederfindet. Vielleicht fühlt sich sonst der eine oder andere auf den Schlips getreten. Aber das weißt du vermutlich selbst."

„Na gut, ich sollte dann vermutlich wohl die DVD`s wieder zurückbringen und den Job absagen. Obwohl das auch bis morgen Zeit hat. Aber ich rufe den Typen an."

„Okay, wie du meinst."

Als Frank mit dem Fahrrad nach Hause fuhr, fühlte er sich tatsächlich besser. Um nicht zu sagen richtig gut. Jürgens Idee mit dem Buch war super. Und er würde mit Tanja reden. Noch heute Abend. Alles würde sich schon bald wieder einrenken, dachte er.

Daheim schmiss er seinen Rucksack aufs Bett, erweckte die sauteure Kaffeemaschine zum Leben, die er Tanja und sich vor drei Wochen geleistet hatte, schnappte sich den Klapprechner, öffnete das Wordprogramm und wartete darauf, dass sich seine literarischen Ergüsse auf dem Monitor munter manifestierten.

Allerdings mit überschaubarem Erfolg, wie sich rasch herausstellte.

Bald änderte er jedoch seine Taktik und begann strukturierter vor zu gehen, indem er zunächst die Personen aufzählte, die anfänglich vorkommen sollten und ihnen Namen gab.

Schließlich kam er sogar recht gut voran und musste manchmal ziemlich in sich hinein grinsen, wenn er an die eine oder andere Situation dachte, die Tanja ihm von ihrem Job geschildert hatte.

Er war so sehr in seine Gedanken vertieft, dass er aufschreckte, als sie plötzlich in der Küche auftauchte. „Hey, du bist ja da. Lass dich nicht stören, ich wollte nur noch ein paar Klamotten holen", meinte sie, und Frank empfand den Tonfall als ziemlich reserviert.

Er wäre am liebsten aufgesprungen und hätte Tanja fest in den Arm genommen, in der Hoffnung, dass dann alles wieder gut sei.

Aber er wusste auch, dass er so billig nicht davonkommen würde.

Zudem hatte sie sich schon auf den Weg Richtung Schlafzimmer und Kleiderschrank gemacht.

Frank schaute auf den Rechner und hackte „IDIOT" in die Tastatur.

Im nächsten Moment erklang ein lautes: „Aahh, was ist das denn für eine Scheiße hier?!", und Frank wurde schlagartig klar, dass hinter seinem „IDIOT" noch diverse Ausrufezeichen fehlten.

Tanja hatte wohl die DVD`s entdeckt und vermutlich ihre eigene Theorie darüber, warum sich die Dinger auch noch ausgerechnet im Schlafzimmer auf dem Bett tummelten.

Frank stürmte ins Schlafzimmer, vergeblich bemüht es nicht wie stürmen aussehen zu lassen, sondern eher wie ein zufälliges Vorbeischlendern und dabei nebenbei ein paar Missverständnisse klären.

„Ach das Schatz, meinte er betont lässig, das ist nur Anschauungsmaterial, wegen meines neuen Jobs. Aber den mach ich jetzt ja doch nicht."

„Von was für nem Job sprichst du?, zischte Tanja, „Blowjobs? Und wen meinst du mit Schatz? Die oder die, oder vielleicht die hier? Hä?" Bei diesen Worten schwenkte sie abwechselnd einige DVD Covers vor Franks Nase hin und her, während ihre Augen feurige Blitze in seine Richtung abfeuerten.

„Ich rede", antwortete Frank," von der Aussicht telefonisch DVD`s an Videotheken zu verkaufen, die bei genauerer Betrachtung allerdings weniger verlockend war als anfänglich vermutet. Und mit Schatz meine ich immer noch dich."

„Und ich nehme an, dass du dieses Anschauungsmaterial auch genau betrachtet hast, um diese These aufstellen zu können."

Frank schien es fast, als hätte Tanjas Stimme ein schon bald gefährliches Wispern angenommen.

„Bitte", flehte er, „die Filme haben nichts mit uns zu tun!"

„Da bin ich ganz deiner Meinung, mit uns haben die Dinger nichts zu tun."

Nun war sich Frank sicher, was ihre Stimme betraf. Es war an der Zeit zu intervenieren, befand er.

„Schatz", setzte er an, „ich weiß, ich habe mal wieder richtig Blödsinn gemacht. Und mal eben *Tut mir leid* zu sagen, wäre ein bisschen arg wenig. Das ist mir klar. Ja, ich bin meinen Job los und du bist deswegen zurecht stinksauer. Ich versuche gerade mir übergangsweise etwas Neues zu suchen. Und deshalb liegen da auch die Filme rum. Ich habe sie nicht mal angesehen. Das kannst du mir glauben. Und im Übrigen; ich bin immer noch der gleiche Vollidiot den du vorgestern noch geliebt hast. Und der dich liebt, über alles", schloss Frank mit bewährtem Dackelblick, der nun seinerseits größeren Herausforderungen ins Auge zu blicken schien.

Tanja verdrehte dieselben: „Und du glaubst, das war es, ja? Und ja verdammt, ich liebe dich. Aber hast du mal drüber nachgedacht, dass irgendwann das Fass voll sein könnte? Das ich zum Beispiel keine Lust habe samstags abends allein zu Haus zu hocken, bis du mit viel zu viel Promille und ohne Führerschein nach Hause getorkelt kommst, weil dir drei Minuten Fußweg zu viel sind und du deswegen deinen Führerschein abgeben musst? Mein Gott, es hätte wer weiß was passieren können. Das nur der Führerschein weg ist, könnte man fast noch als Glück bezeichnen. Und ganz am Ende kriegst du noch nicht mal eine vernünftige Entschuldigung hin. Was verlangst du? Dass ich sage: Schwamm drüber, komm wir gehen ins Bett, nehmen eine deiner Scheiß DVD`s als Warm up und vögeln uns wieder fröhlich? Vergiss es!"

„Du hast nie gesagt, dass dich das stört, wenn ich mich mal samstags mit den Jungs treffe."

„Ach Frank, lass gut sein. Es hat doch keinen Sinn. Muss ich das wirklich sagen? Du bist manchmal erst

Sonntagnachmittag wieder ansprechbar. Und was verstehst du unter *mal*?

Du bist 28 Jahre. Fang allmählich an dich auch so zu benehmen. Ich will dich auch nicht verlieren, glaub mir. Aber ich will dich als Mann an meiner Seite, nicht als kleinen Jungen der nichts anderes als Blödsinn im Kopf hat. Und jetzt lass mich ein paar Sachen zusammenpacken.

Ich bleib noch zwei oder drei Tage bei meiner Mutter. Und das hat ausnahmsweise nichts mit dir zu tun. Ihr geht es nicht gut, sie liegt im Bett und ich kümmere mich neben der Arbeit um sie. In der Zwischenzeit kehrst du die Scherben unserer Beziehung auf, klebst sie fein säuberlich zusammen und überlegst dir für das ganze Schlamassel eine Lösung für Erwachsene."

Trotz der heftigen Worte stieg sie auf die Zehenspitzen und gab Frank einen Kuss auf die Wange, dann drehte sie sich von ihm weg, verschwand nahezu komplett im Kleiderschrank, damit beginnend ihn auf links zu krempeln während sie ihre Klamotten sortierte.

Frank stapfte in die Küche zurück, blieb jedoch im Türrahmen stehen: „Magst du noch nen Kaffee trinken?", erkundigte er sich über seine Schulter.

„Nee danke, lass mal. Ist besser ich geh gleich wieder." kam es aus dem Kleiderschrank der jedoch offenließ, warum das besser sei, und Frank verzichtete darauf nach zu haken.

Als Tanja an der Küchentür vorbeikam, verabschiedete sie sich mit einem: „Tschüss, und gib dir gefälligst Mühe." Damit war sie auch schon weg.

Frank saß am Küchentisch, blickte auf den Monitor des Klapprechners und entschied, drei der fünf Ausrufezeichen wieder zu löschen. Sie liebt mich noch, dachte er, lehnte sich auf seinem Stuhl träge zurück und nippte an dem heißen Kaffee aus dem Vollautomaten, der in etwa den Gegenwert seines ersten Autos hatte, wie er erst kürzlich konstatiert, damit Tanja zum Lächeln und zu der Vermutung, dass er ein verkappter Schwabe sei, gebracht hatte.

Um diesen und andere Vorwürfe nachhaltig zu entkräften, hatte er am Abend als Tanja bei Ihrer wöchentlichen Bauch, Beine, Po Gymnastik war, von ihrem Festnetztelefon eine 0900er Beratungshotline angerufen, die er, nach von zwei Bier zu viel benebelt, im Internet gegoogelt hatte.

Allerdings war mit der Telefonrechnung auch die Erkenntnis gekommen, dass er schon glorreichere Ideen gehabt hatte. Genauer gesagt, hatte Tanja ihn darauf gebracht, als sie fuchsteufelswild mit der Rechnung in der Hand vor ihm rumgefuchtelt und ihn einen geilen Bock geschimpft hatte, weil die nette Firma ihr Geld hauptsächlich mit Telefonsex verdiente, wie Tanja natürlich schon herausgefunden hatte.

Und Frank hatte seine liebe Mühe gehabt aus der Nummer heile wieder heraus zu kommen. Dennoch hatte Tanja es sich nicht nehmen lassen, ihm resümierend, mit ihrem geballten Fachwissen als Arbeitstherapeutin, zu diagnostizieren, dass er nicht alle Tassen im Schrank habe.

Trotz neuer Perspektiven hatte Frank, am späten Nachmittag, damit begonnen sein Informationsdefizit gegenüber Kreienbold zu minimieren, und bereits drei der fünf Porno DVD angesehen. Nun ging er mit dem Gedanken schwanger, Tanja anzurufen, sowie einer Dauererektion gesegnet rastlos durch die Wohnung, als es an der Tür läutete.

In völliger Ermangelung ausreichender Blutversorgung, an für Denkprozesse relevanter Stelle, öffnete Frank arglos die Wohnungstür und fand sich gefühlte Sekundenbruchteile später in Renates, einer Spur zu leidenschaftlicher Umarmung wieder.

Schon seit längerer Zeit hegte Frank den Verdacht, dass Renate, Tanjas Schwester, ein Auge auf ihn geworfen hatte, welches ihm gelegentlich mehr als nur aufmunternd zuzwinkerte.

Tanja gegenüber hatte er dies jedoch bislang diskret verschwiegen. Es gab für ihn ohnehin keine andere Frau, die er begehrte. Und warum also schlafende Hunde wecken? Diese Meinung hatte er sogar noch vertreten, nachdem er Renate zufällig beim Poco getroffen hatte. Auf der Suche nach einem neuen Bett, hatte sie sich angeboten sich von ihm in den ausgestellten Betten löffeln zu lassen, damit er Tanja überraschen könne.

Und nun stand sie, übergewichtig und beileidsbeteuernd brabbelnd, wie schlecht Tanja ihn behandle in dieser vertrackten Situation, in seiner Wohnung und schob ihn sanft, aber mit der Bestimmtheit einer Fahrt aufnehmenden Dampfwalze, in Richtung Wohnzimmer und Couch, erspähte die DVD Covers auf dem Couchtisch und Franks noch immer beträchtliche Ausbuchtung seiner Hose.

Ein schelmisches Lächeln huschte über ihr feistes Gesicht, das ohne Worte ein: "Aber das hast du doch nicht nötig, und jetzt bin ich ja da", formulierte.

Während ihre Hände gezielt, zu dem sich ihr entgegen reckenden Organ ihrer Begierde vorstießen.

„Na, das nenn ich mal einen Empfang", flötete sie dabei.

„Ich würde es eher Überfall nennen", entgegnete Frank atemlos, und mit dem völlig verzweifelten Versuch beschäftigt, Renate auf die andere Seite der Couch zu entwischen, was ihm schließlich, mit etwas Mühe auch gelang.

„Ach was, schmachtete sie ihn an, ich sehe doch was hier abgeht. Komm her mein Süßer, ich gebe dir wonach du dich sehnst."

„Wieso? Hast du meinen Führerschein dabei?", schloss Frank linkisch aus Renates Angebot und bemerkte, dass er seine Fassung langsam wiedergewann.

„Renate sei lieb, insistierte er, das lief grad blöd ab hier, und vermutlich hast du da was in den falschen Hals gekriegt. Wir beide vergessen jetzt, was hier gerade nicht passiert ist, und du gehst hübsch wieder nach Hause, okay?"

Renate blickte ihn aus ihren wässrig blauen Augen pausbäckig und schmachtend an, offenkundig nicht bereit, zu gehen ohne gekommen zu sein.

„Ach Frankieboy", setzte sie an, während sich ihre Arme ihm einladend entgegenstreckten.

„Frankieboy liebt Tanja!", entgegnete er einsilbig, in der Hoffnung, dass die Anwendung von Kleinkindsprache, der dritten Person und dem Hinweis auf seine Freundin selbst Renate erkennen ließ, dass er dieser Situation wenig Intimes abgewinnen konnte. „Außerdem hast du blaue Augen", erkannte er.

Renate ließ ihre Arme ein wenig sinken, sichtlich irritiert, aber wohl dennoch erkennend, dass ihre Strategie nicht ganz aufgegangen war.

„Und? Die waren schon immer blau. Stört dich das etwa?"

„Nee, tut es nicht. Ist ja auch egal. Und jetzt raus hier. Hier wird nicht gelöffelt, oder was auch immer du dir vorgestellt hast."

Renate blickte ihn fassungslos an, war offensichtlich tief in ihrer Ehre gekränkt.

"Du hast sie doch nicht alle. Du weißt nicht was du verpasst. Und das wirst du noch bereuen!", quiekte sie nahezu. Damit macht sie auf dem Absatz kehrt und stolzierte aus Franks Wohnung, nicht ohne die Tür ordentlich zuzuknallen.

Der hat doch jemand nett in `s Gehirn geschissen, dachte er.

Und bevor die Dinger neuerliche Irritationen hervorrufen konnten, verstaute Frank die DVD wieder in seinem Rucksack.

Anschließend formulierte er am Klaprechner für Kreienbold eine Nachricht, dass er doch standhaft geblieben sei und sich gegen sein verlockendes Angebot entschieden habe, druckte sie aus, klebte sie mit Tesafilm auf eine der DVD und fuhr mit seinem

Fahrrad rüber um ihm alles in den Briefkasten zu werfen.

Auf dem Rückweg besorgte er sich noch beim Netto Supermarkt eine Salamipizza, ein paar zusätzliche Käsescheiben für den Belag und ein Sixpack Becks.

So würde er den Abend überstehen, vorm Fernseher.

In der zweiten Werbepause von: *Der Schuh des Manitou* schlurfte Frank in die Küche, um eine zu rauchen und Jürgen eine What`s app zu senden: *Hey, ab wann kann ich denn bei Dir meine Drittkarriere starten?"*

Und an Tanja: *„Hallo Schatz, ich vermisse Dich. Komm bitte bald zurück. Ich habe den Pornojob auch abgeblasen. P. s.: Wusstest Du, dass Winnetou nen älteren und schwulen Bruder hatte? Also, ich meine natürlich, er hatte nur einen Bruder. Naja, ist ja egal. Ich hoffe Dir geht`s gut und Deiner Mutter auch."*

Dann schickte er die Apachen mittels Knopf der Fernbedienung in die ewigen Jagdgründe und sich ins Bett.

Mittwoch

Nachdem er zuerst das Wasser aufgefüllt hatte, dann die Bohnen, informierte ihn die sauteure Kaffeemaschine, mittels der Anzeige im blau beleuchteten Display, dass ihr nun nach einer Reinigung ihrer Brühgruppe gelüstete. Selbstverständlich, bevor sie auch nur einen einzigen Tropfen Kaffee ausgespien hatte.

Irgendwie sollte das Gerät doch den morgendlichen Kaffeegenuss aufpeppen, dachte Frank, und entdeckte enge Parallelen zu den Tamagotchis.

Er hatte seines damals wutentbrannt in den Müll befördert und drohte der Maschine mit geballter Faust ein ähnliches Schicksal an. Völlig unbeeindruckt forderte die Displayanzeige weiterhin hartnäckig die wohl fällige Reinigungsprozedur.

Frank resignierte, unterwarf sich dem elektronischen Despoten in seiner Küche, und kaum 15 Minuten später gluckste die Maschine triumphierend, während sie den mittlerweile nicht mehr wirklich notwendigen, koffeinhaltigen Wachmacher produzierte.

Mangels ausreichendem Platz am Wohnzimmertisch, der noch immer den Teller seiner Pizza und die Bierdosen beherbergte, setzte er sich mit dem Kaffeebecher in die Küche und rief die Nachrichten auf seinem Smartphone ab.

Jürgen forderte, dass er gegen 16:00 Uhr in der Kneipe auftauche und Tanja, dass er sich gefälligst ins Knie ficke. Außerdem wollte sie gerne von ihm wissen, was ihre Schwester habe was sie nicht habe.

Wenn Du mich fragst, ausgeprägtes Übergewicht, nen netten Sprung in der Schüssel und blaue Augen, antwortete Frank knapp, präzise und etwas übereilt, was ihm jedoch erst aufgefallen war nachdem er die Nachricht versandt hatte.

Aber als er versuchte sie anzurufen war schon wieder der Anrufbeantworter geschaltet.

Ein bis zwei Tage wollte Tanja noch bei ihrer Mutter bleiben, hatte sie gesagt. Frank fragte sich, ob die Aussage noch so zutraf. Anscheinend hatten die Schwestern miteinander geredet, und Frank bezweifelte ernsthaft, dass das, was dabei heraus gekommen war dazu führen würde, dass Tanja sich ihm wieder vorbehaltlos zuwenden würde.

Und da war noch etwas, ihre Mutter hatte blaue Augen, aber die ihres Vaters und Tanjas waren braun.

Soweit Frank wusste, war es biologisch gar nicht möglich, dass Renate ihre leibliche Schwester war.

Und da Tanja ihn im Moment wohl am liebsten auf den Mond schießen würde, war sie vermutlich auch nicht sehr offen für zusätzlich verwirrende Informationen über Adoptivschwestern respektive Kuckuckseiallüren ihrer Mutter. Ihr Vater, das wusste er, war schon vor etlichen Jahren abgehauen, und ob dies in einem Zusammenhang mit Renates blauen Augen stand, darüber ließ sich nur vage spekulieren.

Obwohl er wusste, dass Tanja mittlerweile auf der Arbeit war, und entgegen jede Vernunft, rief er Sie auf dem Handy an, als er gerade im Schlafzimmer stand um sich Klamotten aus dem großen Kleiderschrank mit den fünf Spiegeltüren, der Tanja so gefiel, zu nehmen. Nachdem ihm der Anrufbeantworter aufgefordert hatte zu sagen was ihm auf dem Herzen lag, legte er wie befohlen los: "Hallo Schatz, bitte bitte glaub Renate nicht. Ich weiß nicht, was sie dir erzählt hat, aber sie ist hier gestern Nachmittag plötzlich aufgekreuzt und wollte mir an die Wäsche. Verstehst du? Sie wollte mich verführen, und ich habe sie rausgeschmissen. Ehrlich, das ist die Wahrheit. Großes Indianerehrenwort! Da ist garnix passiert. Ich hatte die Filme angeguckt, du weißt schon welche. Und vielleicht haben die ja irgendwas mit mir gemacht. Auf jeden Fall hat Renate blöd auf meine Hose geglotzt und das wohl irgendwie falsch interpretiert. Und außerdem, sie ist gar nicht deine Schwester. Ich mein, vielleicht ist sie nur deine Halbschwester. Ach was *nur,* das ist ja mal auch schon eine Menge. Aber sie hat blaue Augen, und du braune, und die sind auch viel hübscher. Also deine Augen natürlich und ich lieb.." Dann war wohl die Kapazität des Anrufbeantworters erschöpft.

Oder das Ding hatte sich schlichtweg geweigert, diesen Blödsinn den er da verzapft hatte, weiter aufzunehmen.

Ungläubig starrte er den Idioten im Spiegel an. „Das hast du jetzt nicht wirklich gemacht, oder?", fragte er ihn.

Frank fackelte nicht lange. Er ging zur Kommode, in der sie ihre Unterlagen und Dokumente aufbewahrten, kramte darin herum.

Schließlich hatte er den gemeinsamen Mobilfunkvertrag ausgegraben und lauschte angestrengt dem Freizeichen der Servicehotline, bis ihm die automatische Bandansage der Warteschleife eine baldige Lösung seines Problems ankündigte.

Dann erklang erneut das Freizeichen, und nach kaum dreißig Sekunden hatte der Callcenter Mitar-

beiter Herr Hampel schon seinen überaus kunden-
freundlich klingen sollenden Begrüßungssermon
heruntergeleiert, der mit dem Üblichen: „Was kann
ich für Sie tun?" endete.

„Frank Arnsberg hier. Guten Tag Herr Hampel, ein
neuer Job, Führerschein und meine Beziehung kit-
ten, wäre prima, konterte Frank, wobei die Reihen-
folge bei Punkt eins und zwei variieren dürfen. Aber
der dritte hat eindeutig Priorität."

„Herr Arnsberg, ich muss Sie leider darauf hinwei-
sen, dass die angebotene Palette unserer Lösungs-
schemata sich eher auf Fragen bezüglich unseres
Festnetzes und Mobilfunkdienstleistungen fokus-
siert", informierte ihn Herr Hampel in beeindrucken-
der Teilnahmslosigkeit.

„Wow", nicht schlecht, „entgegnete Frank, klebt der
Satz etwa ganz oben an ihrem Monitor?"

„Nahezu, aber direkt unter: *Einen Augenblick bitte,
ich verbinde Sie.*"

„Sie wissen aber schon, dass manche Telefonate aufgezeichnet werden, von wegen der Kundenzufriedenheit, und so?"

„Ja, Herr Arnsberg, dieser Umstand ist mir bekannt. Und wissen Sie, warum manche suizidale Menschen sich auf Bahngleise legen, anketten und dann den Schlüssel wegschmeißen?"

„Keine Ahnung, Vielleicht weil sie es sich nicht getrauen, sich vor den fahrenden Zug zu werfen?"

„Genau. Darf ich nun doch noch etwas für Sie tun?"

„Jaa."

„Prima, was denn genau?"

„Meine Freundin hat Ihr Handy verloren."

„Das tut mir leid!"

„Soll das heißen, Ihre Hilfe äußert sich ausschließlich in Mitgefühl?", entrüstete sich Frank.

„Nein, aber Sie müssten Ihr Anliegen schon konkretisieren. Oder soll ich suchen helfen?"

„Sie sollen die blöde Sim-Karte sperren, aber rapido!"

„Prima, nachdem wir nun Ihr Anliegen gemeinsam fein herausgearbeitet haben, nennen sie mir doch bitte noch eben die Berechtigungsdaten wie Kundennummer, Telefonnummer und Namen und Geburtsdatum ihrer Freundin."

Frank tat wie befohlen und stellte fünf Minuten später entnervt durch einen Anruf bei Tanja fest, dass ihre Sim-Karte tatsächlich deaktiviert war.

Im Anschluss bereitete er sich ein Früchtemüsli mit dem letzten Joghurt aus dem Kühlschrank zu und setzte sich mit seinem späten Frühstück an den Klapprechner um noch ein paar Zeilen hin zu bekommen. Aber der Hampelmann geisterte noch nervend in seinem Hirn herum, und er kam kaum voran.

Er nahm sich vor, morgen früh, am Mittwoch, Herrn Walluscheks Rat zu folgen und um acht Uhr zum

Jobcenter zu gehen. Irgendeine Grundversorgung musste ja her. Und je länger er wartete, umso länger würde es dauern, bis die erste Zahlung eintreffen würde.

Die drohende Sperre der Leistungen des Jobcenters bewog ihn nicht gerade zu Luftsprüngen. Zum einen wäre seine finanzielle Situation bald desolat, und Jörg seine Idee mit dem Buch vermutlich nur eine nette Zerstreuung. Frank fand, die Chance mal eben einen Bestseller zu produzieren, damit Tanja restlos von seinen immensen Qualitäten zu überzeugen und nebenbei sämtliche finanziellen Engpässe langfristig zu umschiffen, gelinde gesagt überschaubar.

Zum anderen, fühlte er sich wie von einer bleiernen Schwere ergriffen. Das ganze Schlamassel ging ihm an die Substanz und war auch nicht wirklich dazu geeignet, sich mit einer humorvoll vorgebrachten Entschuldigung in Luft auf zu lösen; und keine gute Fee in Sichtweite.

Auch die Sache mit dem Führerschein war ein einziger grauer Dunstschleier. Das Reinblasedingsbums, von dem einen Polizisten, hatte 1,2 Promille angezeigt. Google behauptete, dass ab 1,1 Promille bereits eine sogenannte, medizinisch psychologische Untersuchung, kurz MPU oder auch Idiotentest genannt, vom Richter angeordnet werden konnte. Bislang hatte man ihm alkoholtechnisch zwar nicht viel vorwerfen können, wenn man von der Geschichte mit dem Mofa Unfall absah, aber das war ewig her, Schnee von gestern und bestimmt nicht in seiner Verkehrsakte, wenn es denn eine über ihn gab.

Also musste er die Gerichtsverhandlung abwarten um Gewissheit zu erhalten. Oder machte es vielleicht Sinn einen Rechtsanwalt engagieren? Letztlich beschloss er, vorerst abzuwarten. Aber viel schlimmer war für ihn, dass Tanja nicht da war. Sie fehlte ihm fürchterlich. Er hatte sich diesmal wohl alle Mühe gegeben es richtig zu vermasseln.

Selbstmitleid war keine Lösung, das Kappen ihrer Telefonleitung sowie das Einstellen von Mietzahlungen waren vermutlich ebenfalls keine beziehungserhaltenen Maßnahmen. Ein erster Ansatz könnte sein, zukünftig nachzudenken, bevor er übereilt getroffene Entscheidungen umsetzte, grinste Frank missmutig in sich hinein, und fühlte sich ein klein wenig besser, nachdem er den Dauerauftrag für die Miete wiedereingerichtet hatte.

Er klappte den Rechner zu, räumte den Tisch ab, auch im Wohnzimmer und machte sich, mäßig lustvoll, auf den Weg zur Kneipe.

Er schloss sein Fahrrad an den Fahrradständer ab, den Jürgen von Weiß der Himmel wo her hatte, weise lächelnd Prophylaxeeisen nannte und betrat, den um diese Uhrzeit spärlich beleuchteten, aber dafür umso kräftiger mit kaltem Tabakrauch geschwängerten Raum.

Jürgen stand so, wie man sich einen Wirt vorstellt, mit konzentriertem Blick hinter dem Tresen und polierte Gläser mit einem Trockentuch.

Fast andächtig. Der macht da ja eine richtige Zeremonie draus, wie er da so steht, poliert, sein Werk kritisch betrachtet und weiter poliert. Kriegt der überhaupt noch was mit? fragte sich Frank.

„Pünktlich, gefällt mir!", murmelte Jürgen, gerade laut genug das es trotz Herbert Grönemeyer, der was von Männern quiekte, noch deutlich zu vernehmen war.

Gemächlich stapfte Frank um die Theke herum und fand sich dann neben Jürgen wieder.

„Gibt`s eigentlich irgendwas, was ich über dich wissen müsste; Mister ich kann Gedanken lesen, die Zukunft vorhersagen und Nachtigall ick hör dir trabsen?"

„Ist nicht weiter schwer, zumindest das Letzte", sinnierte Jürgen, während er das Bierglas, mit dem er sich gerade beschäftigt hatte, in Frank seine Richtung schwenkte. „Reine Physik – das Glas reflektiert. Hab gesehen, dass du reingekommen bist", grinste er. „Und was Punkt zwei Deiner Liste betrifft, weiß ich, dass du gleich mal draußen die Tische und

Stühle abwischst, und zwar mit dem Eimer Wasser und Lappen die ich Dir in der Küche schon hingestellt habe. Also los!"

Wie zur Bestätigung, dass er verstanden habe, schlug Frank mit der flachen Hand auf die Theke und stöhnte leise aber hörbar als er sich in Richtung Küche aufmachte.

Sein akustisches Signal seichter Missbilligung blieb jedoch unkommentiert.

Und wie, um dennoch seinen guten Willen zu demonstrieren, wechselte er anschließend das Putzwasser aus und nahm sich die paar Tische im Schankraum vor.

An der Theke angekommen, fand er Jürgen noch immer in seine Glaspolierexzesse vertieft vor. „Und?", kam es unvermittelt hinter einer Pilstulpe hervor. „Was haste noch für Blödsinn angestellt, und haste die DVD zurückgebracht?"

„Hä? Ja klar habe ich. Wieso?"

„Wieso? Du hattest nen ganzen Tag Zeit. Da liegt die Frage doch auf der Hand, in deiner Verfassung."

„Arschloch!".

„Weiß ich selber, erzähl mir was Neues", entgegnete Jürgen.

„Tanja war gestern da und hat sich noch Klamotten geholt. Aber alles lief schon viel besser. Sie wollte nur noch ein paar Tage bei ihrer Mutter bleiben und sich kümmern. Der geht's grad nicht gut."

„Bis dahin klingt's okay. Und weiter?", forderte Jürgen.

Ich habe mir später dann noch die DVD angeguckt, und dann hat es geklingelt. Das war Renate, also Tanjas Schwester, die wollte schon immer was von mir. Aber da lief nix. Ich habe sie direkt wieder rausgeschmissen. Die wollte mir an die Wäsche, echt jetzt. Abends hab ich dann noch die DVD weg gebracht und Tanja eine SMS geschrieben, aber die Sache mit ihrer Schwester nicht erwähnt. Aber die muss ziemlich sauer gewesen sein und Tanja irgendeinen Scheiß erzählt haben. Heute Morgen kam dann ne SMS von Tanja, die, sagen wir mal, nicht ganz so freundlich formuliert war. Also habe ich sie auf dem Handy angerufen, aber sie ging nicht dran, und ich habe ihr auf den Anrufbeantworter gesprochen. Ich habe versucht ihr zu vermitteln, dass mit Renate garnix passiert ist, und ihr schließlich erzählt, dass ihre Schwester, nicht ihre Schwester ist, oder bestenfalls ihre Halbschwester", meinte Frank kleinlaut.

„Okaay, nun nicht mehr gut. Und hat sie sich noch mal gemeldet danach? Ich meine, in ihren Augen hast du vermutlich erst ihre Schwester gepimpert, und dann versucht davon abzulenken, indem du ihr verklickerst sie wäre gar nicht ihre Schwester. Und überhaupt, warum sollte sie es denn so plötzlich nicht mehr sein?"

„Na, weil sie blaue Augen hat."

„Ja und? Blauäugige haben grundsätzlich keine Schwestern, oder was?", argwöhnte Jürgen mit hochgezogenen Brauen.

„Nee du Witzbold. Aber Tanjas Vater hat braune Augen."

Jürgen sog tief die Luft durch die Nase: "Okay, Sherlok Holmes. Prima kombiniert. Aber möglicherweise zum falschen Zeitpunkt ausgeplaudert. Meinst du nicht? Also, hat sie sich noch mal gemeldet?"

„Nee, ging nicht mehr."

Jürgen sprach das eine Wort schleppend aus, fast schon müde. „Warum?"

„Ich wollte nicht, dass sie mein Gebrabbel auf dem Anrufbeantworter abhört, also hab bei Vodafone angerufen und ihre Sim-Karte sperren lassen."

Jürgen schaute ihn mit Augen an, die eine Mischung aus Betroffenheit, echter Überraschung und auch wohl Angst vor was auch immer offenbarten.

Dann verfiel er urplötzlich in ein Grinsen, das in ein schallendes Lachen mündete, während er mit den Fäusten den Tresen bearbeitete um sich dann die Lachtränen aus den Augen zu reiben.

Frank betrachtete ihn sichtlich verwirrt und beschloss erst mal ab zu warten.

„Weißt du, dass du ein Scheissglück hast im einundzwanzigsten Jahrhundert zu leben?", fragte er schließlich, noch immer glucksend.

„Nee, wieso?"

„Na, weil es vor hundertfünfzig Jahren noch kein Handy mit Anrufbeantworter gab, du Vollidiot in einer solchen Situation dann einen Brief geschrieben, irgendwann die Blödheit dieser Idee erkannt und am Ende in deiner Hilflosigkeit mal eben den Briefträger über den Haufen geschossen hättest", orakelte Jürgen glucksend, und auch Frank hielt sich seit drei Tagen das erste Mal wieder den Bauch vor Lachen.

Es wirkte mehr als nur ein bisschen befreiend, obwohl, oder auch weil er über sich selber lachten
konnte.

Die nächsten anderthalb Stunden, in denen sich die
Kneipe langsam füllte, verbrachte er mit Bier zapfen
und servieren, kassieren, Bestellungen aufnehmen
und wuselte überall im Lokal herum. Die Arbeit half
gut ihn abzulenken, hier gab es nicht viel Nachzudenken; nur funktionieren. Das konnte er gerade gut
gebrauchen.

Gegen sieben schickte ihn Jürgen in den Keller,
nach den Fässern schauen, weil Frank sich über zu
viel Schaum beim Zapfen beklagt hatte.

Frank stieg also die engen Stufen gen Keller hinab
und fühlte sich bald wie in einem Verließ. Es war
kühl, feucht und die Beleuchtung eher schummrig.
Die Bierfässer wurden noch wie früher, durch eine
Luke am Bürgersteig geliefert, deren Öffnung bei
diesen Gelegenheiten für zusätzliches Licht sorgte,
die nun jedoch natürlich geschlossen war.

Er fand, dass für den Schlamassel zuständige Bierfass und platzierte einen gewagten Tritt in sein unteres Drittel, um sich mäßig professionell von dem niedrigen Füllstand zu überzeugen.

Eigentlich sollte das Ding nun *Boing* sagen und eine leichte Kreiselbewegung vollführen.

Die Kreiselbewegung übernahm Frank an seiner Stelle, als er auf einem Bein hüpfte, quengelte und jaulte während er nach seinen pulsierenden Zehen tastete. Das Scheißding war nahezu voll!

Jürgen musste sich geirrt haben, oder die Zapfanlage hatte irgendeinen Defekt, vermutete er wimmernd und erklomm mühsam die Stufen die in den Schankraum führten, um dann hinter der Theke wiederaufzutauchen.

„Hey Jürgen, da stimmt was nicht. Am Fass liegt`s jedenfalls nicht. Das ist fast voll!"

„Jaja, wissen wir. Wer nix wird, wird eben Wirt, heißt es doch wohl, oder? Und selbst da überzeugt er durch Semiprofessionalität", grinste Falk vom

Stammtisch her und bedeutete Frank mit einer lässig winkenden Handbewegung zu ihnen rüber zu kommen.

Da saß ein Gutteil der ganzen Bande die sich Freunde schimpften:

Christian, der eigentlich nur anzutreffen war wenn es bereits dämmerte und sinnigerweise als Portier im Hotel „Zur Sonne" die Nachtschichten stemmte, Peter, heute ausnahmsweise ohne Jasmin und ihre beiden Kinder, Frank vermutete dennoch, dass Peter als Ingenieur ausreichend Geld verdiente, um die Kleinen für solche Fälle wie heute, gut versorgt zu Hause zurück lassen zu können, Sören, angehender Schlossermeister im elterlichen Betrieb und kurz vor der Prüfung und Falk, der ewig lächelnde, freiberufliche Versicherungsmakler, der Optimismus nicht nur ausstrahlte, sondern gleich personifizierte.

Allesamt, inklusive Jürgen, blickten sie zu ihm rüber, wobei ihre Züge eine Frank zusätzliche verwirrende Mischung von belustigtem, aber auch ernsthaften Mitleid, Aufmunterung, gesunder Strenge und einem freundschaftlichen: *Das wird schon wieder werden* ausstrahlten.

Nur Sybille fehlt, dachte Frank, erkannte dann jedoch, dass Ihr knallroter Haarschopf hinter der Theke herumfuhrwerkte, und sie munter Franks Job übernommen hatte.

Ihr, wie immer äußerst großzügiges Dekolletee, schien auch heute dafür zu sorgen, dass der ein oder andere Gast an der Theke Schwierigkeiten mit der Entscheidung hatte, ob er sich lieber ausgiebig an ihren Brüsten oder an den quietschrot gefärbten Rasta Locken, ungläubig die Augen ausgucken solle.

„Keine Bange, sie hält dir nur den Rücken frei, solange wir hier was zu reden haben.", erklärte Jürgen, der aufgestanden war und Frank`s Blick hinter den Tresen registriert zu haben schien.

Unschlüssig, was er von der spontanen Versammlung seiner Freunde halten sollte, bewegte er sich doch langsam auf sie zu, nicht ohne Jürgen ein:

„Jaa, haben wir? Na egal, das haste ja hübsch hinbekommen", vorzuwerfen.

„Das will ich doch meinen! Und jetzt komm schon her", kam es selbstbewusst und mit einer sanften Prise Gutmütigkeit zurück.

Frank schnappte sich den, noch freien Stuhl, tat wie ihm geheißen und war dankbar für das voll eingeschenkte Pils Glas, dass vor ihm auf dem Tisch abgestellt worden war. Somit konnte er sich ihm und den bekannten Karomustern der Tischdecke zuwenden.

„Das ist Frank", verkündete Jürgen mit unheilvollem Unterton in der Stimme, „ihr kennt ihn, und ihr habt ihn lieb, warum auch immer. Aber er ist unser Freund und sitzt ein klein wenig in der Patsche. Um die Wahrheit zu sagen, er gibt sich grad alle erdenkliche Mühe, uns den Begriff Riesenarsch ein wenig am anschaulichen Beispiel zu erläutern."

„Ist ja gut, es reicht jetzt, wir haben`s kapiert", entfuhr es Frank unwirsch.

„Nix da. Ich sag wenn`s reicht", entgegnete Jürgen schroff. „Wir wollen dir helfen! Aber zuerst lassen wir es uns nicht nehmen, dich ordentlich zu verscheissern. Das musste uns schon zugestehen. Das macht man so unter guten Freunden. Also schnall dich an, falls du noch weißt wie das geht. Ich werde das ganze Elend, das du fein säuberlich verzapft hast, hier ausbreiten. Dann werden dir sicherlich noch alle geschwind versichern wollen, dass an meiner Riesenarschlochtheorie über dich ordentlich was dran ist." Bei diesen Worten zwinkerte er Falk aufmunternd zu. „Und im Anschluss überlegen wir uns, wie wir dich aus der Scheiße heraus bugsieren und dabei nicht allzu viel davon an dir kleben bleibt."

„Ihr seid krank, mir reicht es. Ich geh." Frank versuchte aufzustehen und verstand sofort warum ausgerechnet Sören links neben ihm saß.

Sörens, von durch jahrelange, schwere, körperliche Schufterei, Bizeps überladener Oberarm legte sich zentnerschwer auf Franks Schultern, während der ihm gegenübersitzende Peter sich zähnebleckend vorbeugte und meinte:" Vielleicht klärst du deinen übereilten Aufbruch erst mit Sören."

Frank gab auf: „Ihr wollt mir helfen? Warum merk ich nix davon? Aber legt endlich los", brachte er müde hervor.

Jürgen legte los, und er kannte kein Erbarmen, haarklein servierte er den Jungs alles: vom Saufabend begonnen, über Tanjas Interimsauszug, bis hin zum mutmaßlichen und ungenehmigten Beischlafversuch. Selbst der Versuch Tanja nachhaltig vom Mobilfunk zu trennen, blieb nicht unerwähnt. Begleitet wurde der Monolog von gelegentlich Ahs und Ohs und Hehehe`s und ausgiebigen Seufzern von Frank.

Als Jürgen fertig war, war Frank es ebenfalls.

„Ich nenne es: Die ursächliche Vollkontakttheorie und hab sie erfunden", referierte Jürgen.

„Wann?", wollte Christian wissen.

„Im Moment", konterte der Wirt fröhlich. „Aber darum geht`s nicht. Die erste Frage ist; wie lösen wir Frank `s Jobproblem? Also einerseits kann er immer wieder hier bei mir aushelfen und sich was dazu verdienen. Habt ihr noch irgendwelche Ideen? Denn, das das Jobcenter ihm erstmal seine Kündigung mit einer Sperre der Leistungen honoriert, ist auch klar."

Sie warfen sich gegenseitig hilflose Blicke zu, bis Falk sich räuspernd zu Wort meldete:

„Naja, die Telefonaquise ist eh nicht so mein Steckenpferd. Also wenn du dir das vorstellen kannst. Ich mein, du kommst ja schließlich aus dem Verkauf, dürfte doch keine allzu große Hürde für dich sein!?"

„Was, Ich soll deine Telefonschlampe spielen?", entrüstete sich Frank.

„Ja verdammt", diesmal war es Sören, der die Faxen dicke zu haben schien. „Und wenn ihm danach iss, ziehst du ein Röckchen an und setzt dich auf seinen Schoß. Und wenn du damit fertig bist schleppst du bei mir Gerüste quer über die Bau-stelle. Mann Frank, komm zu endlich zu dir. Und geh dabei gefälligst ein bisschen fixer. Hier sind deine Freunde zusammengekommen, um dir wie-der auf die Beine zu helfen. Es würde dir kein Za-cken aus der Krone fallen, wenn du dabei einen Schritt auf uns zugehst."

Alle am Tisch konnten sich eines Glucksens nicht erwehren, ob dieser unfreiwilligen Sinnbildhaf-tigkeit.

Frank hob, mit noch immer gesenkten Schultern, den Kopf und blickte mit vorsichtigen Glubschaugen ungläubig in die Runde seiner Freunde.

„Ihr wollt mir echt helfen? Und ich kann mir bei euch was dazu verdienen?"

Sören fand sich zuerst wieder: „Jetzt halt mal den Ball flach. Was heißt hier helfen?

Ich werde gleich morgen zwei meiner Hilfsarbeiter auf der Baustelle feuern.

Denn ab jetzt arbeitest Du ja stundenweise bei mir. Da brauch ich die nicht mehr.

Und ich nenne das Ganze: Ballere den Typen mit so viel scheißschwerer körperlicher Arbeit zu, bis ihm jeder einzelne Muskel sauweh tut, dann muss er schon nicht mehr an seine Probleme denken Therapie." Er lachte schallend und klatschte sich dabei mit seinen riesigen Pranken auf die Ober-schenkel. Die anderen grinsten munter.

„Schön, dass du es kapierst", wandte sich Peter nun an Frank. „Und wenn du dann immer noch Lange-weile hast, kannst mein Taxi putzen, bevor wir zu Jasmin fahren."

„Häh, wieso Jasmin?", argwöhnte er.

„Weil sie drei Semester Germanistik studiert hat und deswegen bestens geeignet ist dein Geschreibsel zumindest mal auf die richtige Orthographie zu überprüfen"

„Man, jetzt hört doch mal mit diesem Hirngespinst auf. Ich bin kein Schriftsteller. Jürgen hat euch da nen netten Floh ins Ohr gesetzt, und ihr habt nix besseres zu tun als den Quatsch tapfer zu glauben."

„Ja ist schon komisch was?", mischte sich nun auch Peter ein. „Und du bist der einzige der es nicht glauben mag. Hast du eigentlich eine Ahnung, woher dein Erfolg beim Autoverkaufen kam?"

Frank hob als Antwort lediglich die Schultern.

„Dann helfe ich dir mal auf die Sprünge, du kannst gut und erfrischend erzählen. Wenn du uns hier in der Kneipe mit deinen Stories unterhältst, dann klebt dir keiner an den Lippen, weil uns dein Dekolletee die Sinne raubt. Ganz bestimmt nicht! Auch Tanja hast du nicht erobert, weil du Mr. Universum vom Thron geschubst hast. Du kannst begeistern, wenn du erzählst, und das zur Not auch noch im Dunkeln. Einfach nur durch die Art und Weise wie du die Wörter aneinanderreihst. Und wenn wir alle uns da einig sind, dass du diese Gabe hast, dann ist vielleicht was dran. Also nutz sie gefälligst. Keiner hat behauptet, dass daraus was wirklich Großes wird. Aber was soll es denn? Also Prost."

Wie eingeübt hoben sie einhellig ihre Gläser in seine Richtung und blickten ihn erwartungsfroh und aufmunternd an.

Frank war nicht wirklich überzeugt, aber beschloss, sich nicht weiter zu wehren, wenigstens vorerst.

Zudem fühlte er allmählich tiefe Rührung in sich aufsteigen. Jürgen hatte die Jungs für heute Abend hier zusammengeführt, und sie hatten sich ernsthaft Gedanken gemacht wie sie ihm helfen konnten, dabei hatte er nicht einmal darum gebeten.

Er reckte ihnen zaghaft sein Glas entgegen: „Okay Leute, dann sag ich mal Danke, im Ernst."

Dann stießen sie endlich miteinander an.

„Und das hier habe ich dir noch besorgt, damit du bloß nix vergisst." Jürgen war aufgestanden und reichte Frank ein gebundenes Notizbuch mit, durch eine seitliche Schnalle fixiertem Kugelschreiber. „Das sollte ab sofort dein ständiger Begleiter sein; Autorenwerkzeug sozusagen", grinste er.

„Dank Di.", meinte er, noch immer leise zweifelnd, nahm es aber doch mit einem Lächeln an. „Euch allen", fügte er hinzu.

Sie besprachen noch Franks neue Arbeitsfelder. Zukünftig würde er in der Hauptsache abends bei Jürgen aushelfen, zusätzlich montags und mittwochs Sören auf der Baustelle zur Hand gehen und freitags für Falk am Telefon Kundentermine akquirieren. Also wildfremde Leute anrufen, die nicht gerade auf seinen Anruf warten würden, und ihnen verklickern, dass ein Termin mit dem Versicherungsvertreter Falk eine echt tolle Abwechslung in Ihrer abendlichen Routine sei und nebenbei ihr Leben im Allgemeinen und Ihre finanzielle Situation im Besonderen unendlich bereichern würde. – Bestimmt kein Problem also.

Damit war die Woche ziemlich durchgetaktet, fand Frank und fragte sich, wann er denn noch Zeit finden sollte um zu schreiben. Zudem hatte er noch immer keinen Schimmer, wie er in Tanja den

Wunsch wecken sollte, ihm wieder um den Hals zu fallen.

„So, will noch jemand ein Pils?", erkundigte sich Jürgen. „Eine Runde gebe ich noch aus. Dann ist Feierabend hier."

Ohne die Antwort abzuwarten, gab er Sybille ein Zeichen, die sich gleich an die Arbeit machte.

„Morgen Vormittag rufst mal bei uns an, ja?", formulierte Peter eine Frage an Frank, die vielmehr einer Aufforderung glich.

„Weshalb?"

„Um dir von Jasmin sagen zu lassen, wie das Telefonat war, dass sie vermutlich gerade mit Tanja führt."

„Hä?", Frank blickte verwirrt drein, während er sich Mühe gab es nicht zu tun.

„Sören, hau ihm eine rein. Vielleicht wacht der Typ dann mal auf und ist wieder in der Lage ganze Sätze zu formulieren, oder zu verstehen", forderte Christian und fand die Idee vermutlich wirklich nicht schlecht.

Sörens ruckartige Drehung in seine Richtung, ließ Frank erstens vermuten, dass Sören dem Lösungsvorschlag durchaus etwas abgewinnen konnte und zweitens, sich schnell vom Stuhl rutschen.

„Wieso telefoniert Jasmin mit Tanja?", wollte er quengelnd wissen.

„Um Himmels willen. Warst du schon immer so begriffsstutzig? Oder hast du kürzlich nen Intensivkurs absolviert?" sinnierte Peter. "Also pass auf. Ich erklär es Dir in ganz einfachen Worten: Jasmin anrufen Tanja, weil sagen wollen, das Frank nix notgeiles, dummes Arschloch was Schwester ficken wollen. Das Frank garnix Arschloch, nur nettes, kleines Idiot. Tanja sollen glauben das und nettes, kleines Idiot zweites Chance geben. Aber erst nach gründlich schmollen und vorher noch geben gute Feige auf Ohr – nur wegen das Prophylaxe."

Die Jungs wieherten vor Lachen, und auch Frank konnte sich nicht mehr halten.

„Iss nicht Dein Ernst. Das macht sie nicht wirklich, oder?"

„Welchen Teil meinst, den mit der Ohrfeige?", gluckste Jürgen fröhlich. „Doch, und wenn du nur kurz drüber nachdenkst, dann erkennst du, dass es eine scheißgute Idee ist. Du hast ja schließlich schon probiert sie zu überzeugen, und gemerkt, dass sie dir grad nicht viel weiter traut als sie dich werfen kann. Wer wäre also besser geeignet mit ihr zu reden, als eine gute Freundin, die jede Menge Verständnis aufbringt und dich sehr gut kennt. Also weiß, dass du sowas nicht machst. Hä?"

„Na, ist das ein geiler Einfall, oder was?", wollte Sybille wissen, die mittlerweile mit den Pils aufgekreuzt war und sie verteilte „Ist übrigens meine Idee gewesen. Und wegen dem verlorenen Job, zerbrich dir mal nicht den Kopf. Sieh mich an, ich bin schon so lange arbeitslos, ich bin schon in Hartz 6." Sie lachte herzhaft und flatterte, ohne eine Antwort abzuwarten, rot leuchtend zur Theke zurück.

„Na dann mal Prost", meinte Frank lakonisch.

„Genau, und um den Sack zumachen zu können, nur noch eines", sinnierte Falk. „Du solltest morgen bei Tanja auftauchen und ihr ein nagelneues, ultrasuperhübsches, mit aktivierter Simkarte ausgerüstetes Hightechsmartphone schenken."

„Sollte ich das?"

„Ja verdammt, das solltest du. Genauso, wie du hoffen solltest, das Tanja, Jasmin ihre Version über dich rückhaltlos abnimmt, und sich dann bis morgen soweit beruhigt hat, dass sie das Handy von dir überhaupt annimmt, bevor sie dich dann hoffentlich auch bald wieder zurücknimmt. Was voraus setzt, dass du dich allmählich zusammennimmst und zur Abwechslung mal hier und da Chaos beseitigst, anstatt es nachhaltig zu stiften."

„Ja, in Ordnung. Ich tu mein Bestes. Und da ihr mich nun soweit aufgebaut habt, dass ich mir zutraue den

restlichen Abend auch ohne eure ständigen Pöbe-
leien und Androhung von körperlicher Gewalt
herum zu kriegen, und ich mich deshalb schon fast
ein bisschen großartig fühle, fahr ich jetzt nach
Hause."

Donnerstag

Um sechs Uhr zeterte ihn der Handywecker mit TNT von ACDC aus dem Schlaf.

Jobcentertag.

Nach gestern hatte dieses Wort ein wenig an Schrecken verloren. Und überhaupt, wer nachweislich Freunde vorweisen kann, für den sollte die Arbeitslosenversicherung sowieso freiwillig sein, befand Frank.

Also: Duschen, Frühstücken, Jobcenterbesuch, zum „Ich bin doch nicht blöd Shop" oder zu Nick und dann noch geschwind die Freundin davon überzeugen, dass er immer noch der edle Ritter auf dem weißen Pferd war; na alles ganz easy, und die ersten beiden Prüfungen des Tages waren auch fix bestanden.

Frau Gnadenlos, alias Frau Sommerlich, strahlte allerdings nicht ganz exakt so viel Wärme aus, wie ihr Name vermuten ließ. Sechs Wochen Hungern, prognostizierte sie das salomonische Urteil ihres weisen Vorgesetzten, für durch am Blutalkoholgehalt messbare Blödheit. Und dabei stünden weitaus schlimmere Sanktionen zur Verfügung, wie sie dramatisch zu berichten gewusst hatte, um sich anschließend selbstgefällig in ihrem Sessel zurück zu lehnen, wohl um nicht ein Jota der Wirkung zu verpassen, die Ihre eindringlichen Worte an das abscheuliche Subjekt, das ihr gegenübersitzen durfte, erreichen sollten.

Na wenigstens war der Antrag auf Arbeitslosengeld endlich gestellt und würde nun bearbeitet werden, wenn auch wohl, dem Anschein nach, nicht unbedingt wohlwollend.

Und es war gerade erst 10:30 Uhr. Läuft doch gut, dachte er, schwang sich auf sein Rad und radelte Richtung Innenstadt.

Auch Münster verfügte inzwischen über dem obligatorischen rotweißen Hightech Tempel.

Und die grell geschminkte Infotussi der „Ich bin doch nicht blöd"-Fraktion begrüßte Frank übertrieben freudestrahlend.

„Dahinten, hinter den Videogames", wurde es Kaugummi kauend aus den rosa Lippen genuschelt, während sie ihren neongrün lackierten Zeigefinger in die ungefähre Richtung reckte, um ihm damit den Weg zu den Mobiltelefonen zu weisen.

Frank tat wie ihm geheißen und bahnte sich mühsam seinen Weg durch die Daddel Abteilung und bekam ganz nebenbei eine plausible Erklärung für das schlechte Abschneiden Deutschlands bei der PISA-Studie.

Die kleinen Biester waren alle hier!

Wie die Motten vom Licht angelockt, hüpften sie um die bereit gestellten Monitore und einige hielten kleine Konsolen in Händen auf denen ihre Finger gekonnt leichtfertig umherschwirrten.

In seinen Bemühungen, diese Abteilung zu durchqueren, ohne dass ihn die, beim Stellungskampf um die wohl begehrtesten Plätze vor den Monitoren umherfliegenden Ellenbogen der niedlichen Teenager, niederstreckten, bekam er nebenbei noch einen Crashkurs für die Fachsprache dieser elitären Auslese der nächsten Generation.

Die freundliche Aufforderung: *Mach mir doch mal Platz, ich möchte auch mal spielen*, war augenscheinlich durch eine Aneinanderreihung von Fachbegriffen ersetzt worden, die da hieß: *Ey Alder mach Platz, ich fick deine Mudder*. Diese wurde noch durch eine Reihe von, schnell aufeinander folgenden, rhythmischen aber vernichtenden Gesten unterstrichen.

Der halbstarke Lümmel, der auf diese Weise recht rustikal, auf den offenkundig regen Geschlechtsverkehr seiner Mutter mit frühpubertierenden Rotzlöffeln seines Alters hingewiesen wurde, schien wenig beeindruckt, nahm die Information eher beiläufig achselzuckend zur Kenntnis, äußerte gerade noch seinen Wunsch, dass der Kollege mal chillen solle.

Mitten in der Meute, von nahezu einem Dutzend dieser vor Freundlichkeit strotzenden Halbstarken, die offenkundig allesamt Alder hießen, überlegte Frank unüberlegt laut, dass Schule im Allgemeinen sowieso überbewertet wurde, und das die Polizei Schulschwänzer vom Media Markt gleich mit dem Sammeltransport abholen könne.

Ein hilfsbereites Kerlchen aus der Gruppe, mit lupenrein ausrasiertem, super schmal getrimmten Koteletten Bärtchen, dessen kräftige Oberarme auf ein zweites Hobby deuten ließen, erkundigte sich mit erhobener Faust, ob Frank ein Problem habe.

„Ich nicht, aber du bist wohl gerade erschossen worden", erwiderte er mit einem Wink auf den Monitor, und sah zu, dass er flugs weiter Richtung Mobiltelefone vorpreschte.

Die Dinger waren nahezu alle und in Reihen nebeneinander, fein säuberlich ausgestellt. Ob nach Marken, Preis, Leistung geordnet, erschloss sich dem Normalsterblichen erstmal nicht.

Frank wanderte die Geräte unschlüssig ab und versuchte sich in das Fachchinesisch, dass auf der Beschreibung neben ihnen stand einzulesen, mit überschaubarem Erfolg.

Android Betriebssystem sollte es haben und einen einigermaßen vernünftigen Speicher, den man noch über eine zusätzliche Karte erweitern können sollte. Tanja fotografiert viel und gerne mit dem Handy. Ja, und W-Lan sollte es natürlich haben, aber damit waren die Geräte mittlerweile wohl serienmäßig ausgerüstet.

Hilfesuchend schaute er sich um. Ein weiteres Koteletten Bärtchen, ohne fehlenden Migrationshintergrund, steuerte mäßig interessiert auf ihn zu. „Kann ich Ihnen helfen?", fragte es überraschend gut hochdeutsch akzentuiert.

„Keine Ahnung", entfuhr es Frank unwillkürlich, „aber Sie können versuchen es heraus zu finden. Ich suche ein Smartphone für meine Freundin. Es sollte das Android Betriebssystem haben, W-Lan, ne Menge Speicherplatz für Fotos und gut zu bedienen sein."

„Na, das ist doch schon mal ein guter Ansatz", frohlockte das Bärtchen.

„Im Moment hat sie das S3 von Samsung. Da kommt sie gut mit klar. Wie sieht es denn mit nem Nachfolgemodell aus? Gibt`s schon ein S4, oder so?"

„Gibt es", informierte es, nicht ohne einen leicht spöttischen Unterton, wie Frank fand.

„Mittlerweile schon das S7."

„Na klingt doch prima. Kostenpunkt?"

„Wir möchten es ohne Vertrag haben?", das Bärtchen reckte aufgeregt eine akkurat gezupfte Augenbraue gen Elektrofachmarkt-hightech-himmel.

„Ja, möchte ich. Sie hat bereits einen."

„Ja dann liegen wir wohl hier bei diesem Modell, dabei hielt und drehte er das Mobiltelefon in der Hand als sei es ein Rohdiamant von unschätzbarem Wert, bei € 499,00.“

Frank hatte das dringende Bedürfnis, auch sofort etwas hin zu legen, und zwar einen astreinen Spurt aus dem Laden. Aber ein: *Hallo Schatz, weißt du was? Ich wollte dir vorhin ein nagelneues S 7 kaufen, aber der Verkäufer wollte echt fünfhundert Euronen dafür. Da habe ich`s eben gelassen. Und dir stattdessen nen Blumenstrauß besorgt. Na, was sagst Du? Sind wir jetzt wieder gut miteinander?* Das würde vermutlich knapp am Ziel vorbei schreddern.

Schief grinsend, mühte er sich ein: „Ich schätze, das wird es wert sein.“, ab.

„Unbedingt, mutmaßte das Bärtchen weise, darf ich ihnen noch unsere Schutzhüllen vorführen? So ein Wunderwerk der Elektronik sollte doch stoßgeschützt aufbewahrt werden, nicht wahr?“, wuchs es über sich hinaus.

Geduldig ließ er sich die Handyetuis vorführen, entschied sich für ein türkises, paillettenbesetztes und schoss seinen Pfeil ab: „Prima, dann müssen sie mir nur noch die Ersatz Simkarte geben, dann habe ich alles."

„Wieso Ersatz Simkarte?", Bärtchens Contenance geriet etwas in Trudeln.

„Na, wir sind doch hier im Vodafone, oder?"

„Ja, schon, aber.?"

„Ja, und wir haben nen Partnervertrag mit Vodafone. Also meine Freundin und ich haben nen Partnervertrag bei Vodafone. Und ich habe ihre Simkarte gesperrt, weil sie es verloren hatte, ihr Handy. Jetzt brauch ich also eine Neue. Ist doch kein Problem oder?"

„Ist es doch. Die muss ich bestellen", brüskierte es sich.

„Na dann mal los, wir essen zeitig."

„Hm, bis wann brauchen sie die Karte denn?"

„16:00 Uhr ist die Zielvorgabe."

„Das ist fast unmöglich."

„Na, die Formulierung lässt doch noch reichlich Raum für Hoffnung. Und da ihr Chef so sicher weiß, dass wir alle nicht blöd sind, bekommen wir das auch noch prima hin. Ich habe auch schon fein vorgearbeitet. Hier sind meine Vertragsunterlagen in Kopie, sprudelte es aus Frank, während er dem verdutzen Bärtchen einen kleinen Stapel Zettel in die Hand schob, und um 16:00 steh ich wieder auf der Matte, und sie bekommen rechtzeitig ihre Provision."

Damit ließ er das empört von einem Bein aufs andere hüpfende Bärtchen stehen und machte sich, beflügelt von der ungewissen Hoffnung, dass ein wenig Druck an der richtigen Stelle aufgebaut, Bärtchen zu Höchstleistungen motivieren würde, flugs vom Acker.

Und schließlich bekam Frank in der Abteilung für Kaffeeautomaten auch noch seinen, wie er fand, hochverdienten Probierkaffee im Pappbecher, nachdem er erfolgreich Interesse an einem der hier ausgestellten Ungetüme geheuchelt hatte.

Um die restliche Zeit zu überbrücken, radelte Frank zum Kölle-Zoo, einem Haustierdiscounter mit Kleintierstreichelabteilung

Wenn Häschen streicheln nicht mehr entspannt, dann ist eh alles zu spät, beschloss er der Sache auf den Grund zu gehen.

Kaum vierzig Minuten später saß er, weitere fünfzig Euro leichter, aber völlig tiefentenspannt im Großraumtaxi, schielte selig durch die kleinen Luftlöcher im Pappkarton auf Rosi, während Fahrrad und ein überdimensionierter Zwerghasenkäfig, inklusive Tierstreu und Futter, im Kofferraum sanft gegeneinander schepperten.

Der Kulleraugenfaktor in Plan „B" – also Rosi, war keineswegs zu unterschätzen, im geplanten; *Jetztgewinne ich meine Freundin zurück Unterfangen*, befand Frank.

Und er war sich sicher, dass die großen, unschuldig dreinblickenden Augen der schwarzbraun gemusterten Pelztüte, selbst ein versteinertes Herz problemlos zum Schmelzen bringen würde.

Und ganz nebenbei auch den Boden der Papptransportbox, den sie während der Fahrt erstaunlich großzügig und überraschend lautstark wässerte.

Als Frank noch ein verzücktes: „Jaa, Rosi macht kräftig Pippi", in den Karton hauchte, während sein Hirn erst allmählich die Faktoren Flüssigkeit und Pappe addierte, hatte der Taxifahrer schon fix fertig gerechnet: „Wenn das Vieh mir die Sitze ruiniert, sind Sie dran!", verriet er Frank im groben Tonfall, der deutlich machte, dass Taxler durchaus in der Lage waren ihre Verzückung im überschaubaren Rahmen zu halten.

„Ist ja gut, insistierte Frank, das ist ein Babyzwerghase, noch nicht stubenrein, der kann nix dafür und so viel kann da gar nicht rauskommen."

„Hauptsache, es kommt nix rein, also in die Sitze, mein ich."

„Keine Bange, der Karton ist superdicht", log Frank, die warme Feuchtigkeit bereits an den Oberschenkeln spürend.

Zu Hause duschte er, baute Rosis neues Domizil zusammen, zeigte ihr dann, sie auf dem Arm tragend die Wohnung und anschließend ein Foto von Tanja.

„Die musste nachher rumkriegen, schaffst du das? Bekommst auch ne Möhre", verlangte er beschwörend von dem Häschen zu wissen und gab Rosi als Anzahlung ein Salatblatt aus.

Häschen sind bedeutend anspruchsloser, dachte er noch, als Bärtchen seine EC-Karte wieder rausrückte, und Frank sich das S7 unter den Arm klemmte um zurück zu Rosi zu fahren.

Dort widerstand er dann doch der Versuchung, Tanjas zukünftiges, völlig überteuertes, aber hoffentlich jeden-Cent-wert-Prachthandy, in dem kleinen bunten Sperrholzhäuschen in Rosis Käfig zu verstecken, damit Tanja zuerst das Häschen sehen würde, es dann natürlich sofort verzückt auf den Arm nehmen wollen würde, woraufhin Rosi natürlich, ihrerseits erschrocken, im Häuschen Zuflucht suchen wollen würde. Zu groß wäre dann die Gefahr einer plötzlichen, Hightech, Mobilfunklektronik verachtenden Häschenpanikpinkelorgie auf Samsung S7.

Schließlich setzte er noch die Simkarte in das Smartphone, programmierte *Hallo Tanja* von Michelle als Klingelton, weil ihm nichts Besseres einfiel, fügte seine eigene Handynummer mit dem Namen „Riesenarsch" in ihre Kontakte ein und legte das Gerät in die Schublade der Flurgarderobe.

Ohne lange nachzudenken wählte er Tanjas Dienstnummer. Bereits nach dem zweiten Klingeln lauschte er ihrer bezaubernden Stimme.

„Ich kenn die Nummer. Was willst Du?", schallte es äußerst reserviert aus dem Hörer.

„Spontanität ist die halbe Miete, den Rest verkacken wir sofort." Er hatte das nicht sagen wollen. Diese leicht modifizierte Form von Kreienbolts Spruch hatte sich, quasi ohne sein Zutun, in den Hörer gezwängt.

Und Tanjas prompte Retourkutsche: „Dann versuch es zur Abwechslung mal mit Nachdenken.", direkt gefolgt vom Besetztzeichen nachdem sie aufgelegt hatte, bewies zweifelsfrei, dass sie es auch bis rüber zu ihr geschafft hatte.

Frank dachte grad noch, dass jetzt zum Glück keiner sehen konnte wie blöd er guckte, dann entschied er keine Zeit zu haben über Tanjas Vorschlag mit dem Nachdenken nachzudenken und drückte, entsetzt über sich selbst, auf Wahlwiederholung.

„Ja! Also was?", diesmal kam sie ihm sogar noch ungehaltener vor als eben. Aber das mochte ja auch täuschen, verdrängte er erfolgreich alle Hinweise auf einen bevorstehenden Wutausbruch. Und nur rein prophylaktisch duckte er sich ein klein wenig.

„Äh, ich bin es", nuschelte Frank.

„Das kann nicht sein. Unter dieser Nummer hat mich immer mein Freund angerufen. Aber jetzt spreche ich mit einem Arschloch."

„Schatz, bitte", Frank versuchte am Ball zu bleiben.

„Ja Arschloch?", fragte Tanja und verriet damit, dass sie das auch gut konnte.

„Du bist grad allein im Büro und kannst reden?", erkundigte er sich vorsichtig.

„Und wie ich das kann! Hör mal: Arschloch, Arschloch, Arschloch, Arschloch…"

„Ist ja gut, ich hab's verstanden."

„Jede Wette hast du das noch nicht. Arschloch, Arschloch, Arschloch."

Frank klammerte sich an jeden Strohhalm; eben hatte sie noch vier Mal Arschloch gesagt, jetzt nur noch drei Mal.

„Schatz bitte, hör mir zu. Ich habe nen Riesenfehler gemacht, und wenn du willst kannst du auch für immer Arschloch zu mir sagen. Aber mit Renate lief nichts, das musst du mir glauben. Bitte."

„Das hilflose Gestammel eines Arschlochs! Also was willst du? Und ich frag nicht noch mal."

„Ich wollt fragen, ob Du nach Feierabend nach Hause kommst. Ich habe eine Überraschung für dich vorbereitet."

„Na, dann mach das mal."

„Was machen?"

„Na, mich fragen."

So ganz allmählich bekam sich Frank wieder in den Griff, und es war ihm als sähe er ihr Lächeln bevor er es hörte.

„Okay, Schatz, bitte komm heute Abend zuhause vorbei und schau dir Deine Überraschung an, ja?"

„Ich ja mal gespannt. Was ist es denn? Ein Dreier mit Renate?"

„Nein, die hatte keine Zeit. Aber ich warn dich. Falls du zum Ausgleich das Monster, also deine Kollegin, mitbringen willst, stemme ich mich mit aller Kraft von innen gegen die Wohnungstür."

„Das wäre ein hilfloser Versuch. Die walzt dich einfach platt, samt Tür. Und um sieben bin ich da, Arschloch!", lachte Tanja schelmisch und legte auf.

Frank schaute noch einen Moment, nun wirklich blöd grinsend wie ein Honigkuchenpferd den Hörer an, angelte sich dann das S7 aus der Schublade und ersetzte „Riesenarsch" durch „Arschloch".

Im Anschluss machte er sich daran, die typischen Junggesellenspuren aus der Wohnung zu vertreiben, die sich bei Männern sofort einstellen, sobald die Freundin ein paar Tage weg ist.

Und Frank fühlte sich ein wenig so, als würde er sich nochmal auf sein erstes Date mit Tanja vorbereiten.

Bello hatte sie damals mit in die Kneipe geschliffen, und Frank hatte gefunden, dass Sie an seiner Seite wie ein völlig unpassendes Accessoire wirkte. Als wenn jemand sich eine wunderschöne Rose an seine völlig verdreckte Arbeitsmontur angesteckt hätte.

Zudem war Tanja für Bello nicht mehr als ein weiterer Pokal in der Vitrine, der nur solange begehrenswert war, bis man ihn hatte und dann ruhig verstauben konnte.

Aber Tanja hatte sein Spiel schon durchschaut gehabt, bevor Bello dazu kam richtig los zu balzen. Sie hatte gerade ihre neue Stelle angetreten, war eben erst nach Münster gezogen und wollte neue Bekanntschaften schließen.

Und Frank benötigte kaum zehn Minuten, um sich Hals über Kopf in den blonden Lockenkopf zu verlieben. Allerdings weitere zehn Wochen um ihn nachhaltig davon zu überzeugen, dass er der Mann sei nach dem er sich unwissend immer gesehnt habe.

Zu der Zeit besuchte er bereits die Abendschule, mit dem festen Plan vom Autoschrauber zum Autoverkäufer zu mutieren.

Er war ehrlich verliebt, gradlinig und zielstrebig gewesen und diese Attribute hatte Tanja schon damals geschätzt.

Eigentlich war er es noch immer, es mangelte nur an Gelegenheiten dies zu beweisen, befand er.

Er hatte sich Alibi mäßig in der Küche vor den Klapprechner gesetzt, um wenigsten dem Anschein nach irgendeiner Beschäftigung nach zu gehen, wenn Tanja heim kommen würde, machte sich aber keinerlei Illusionen.

Neben ihm knabberte Rosi an einem weiteren Vorschusssalatblatt, dass er ihr verabreicht hatte, nach dem Versuch ihr die Bedeutsamkeit ihres Auftritts bei Tanja, vor die Kulleraugen zu führen.

Als sich ihr Hausschlüssel in der Wohnungstür drehte, war Frank mittlerweile gefühlsmäßig schon über einen gehörigen Kollaps hinaus. Dennoch schaffte er es zumindest in den Flur zu gelangen, um Tanja zu begrüßen.

Da war sie, kam ihm schön wie ein Engel vor, stellte ihre Handtasche auf die Flurgarderobe und strahlte ihr strahlendes Lächeln als sei nichts gewesen.

„Hallo Arschloch, zeig sie mir, dann überleg ich mir ob du mich küssen darfst", lächelte sie überlegen.

„Du bist nicht mehr sauer auf mich?", wähnte Frank.

„Das geht dich garnix an! Überraschung her. Wo ist sie?", drängelte sie ungeduldig.

„Ich habe Sie in der Küche, da ist der Dreck leichter weg zu machen."

„Hä, wieso Dreck?"

Sie drängelte sich eilig an ihm vorbei in die Küche, und Frank überlegte ob es wegen der Überraschung war, oder ob Sie nur die penible Einhaltung des Putzplans während ihrer Abwesenheit überprüfen wollte."

Über seine Schulter hinweg konnte er sehen, dass sie vor Rosis Käfig endlich zum Stillstand gekommen war.

Mit langem Arm und ausgestrecktem Zeigefinger zeigte sie darauf.

„Ist das etwa die Überraschung?", forderte sie zu wissen.

„Nee, eher nicht. Dass ist ein Käfig. Die Überraschung ist hier.", erklärte Frank, der Rosi vorab in seiner Hemdtasche versenkt hatte, aus der sie nun neugierig und mit gespitzten Löffeln herauslugte.

Wut hin, sauer her. Rosi benötigte keine Probe um ihr Publikum zu verzaubern.

Tanjas, schon wieder leicht säuerlicher Gesichtsausdruck, wich ruckartig einem völlig verzückten, über das ganze Gesicht liegendem Strahlen.

„Ja neee, ist der süß", flötete sie während sie auf Frank zusteuerte, der sich zu fragen begann, warum er diese Wirkung bei Tanja nicht in der Lage war hervorzurufen.

„Er ist ne sie und heißt Rosi", damit fischte er Rosi aus seiner Hemdtasche und beschrieb mit dem Zwerghasen auf dem ausgestrecktem Arm einen bedeutsamen Bogen, bevor er sie vorsichtig in Tanjas Hand absetzte und feststellte, dass nun er selber abgeschrieben war.

Rosi übertrieb ihre Rolle bei der Nummer eindeutig. Die Salatration galt es zu überarbeiten.

Sie sollte Ablenkungsmanöver sein, nicht die pelzige Hauptakteurin spielen.

Frank schritt einen Schritt zurück, setze sich auf den Küchentisch und beobachtete das junge Glück, nicht komplett ohne aufkeimende Eifersucht.

Tanja jauchzte und gluckste glückselig, während sie das Häschen an ihrer Wange rieb und Extremkuscheln übte.

„Ich will auch!", wagte sich Frank zweideutig hervor.

Tanja reagierte prompt und mit schmollenden Lippen: „Und ich will Ehrlichkeit, Liebe und noch mehr Geschenke. Gibt's noch was? Gibt's noch was?"

„Nö, Geschenke sind aus", log Frank und ging wortlos auf die Toilette, um von dort aus mit seinem Smartphone das S 7 anzurufen.

Sofort trällerte Michelle mit maximaler Lautstärke und heftig vibrierend in der Flurschublade herum.

„Um Himmels willen. Was ist das denn für ein Getöse?"

„Handy. Im Flur. Gehst mal ran?", versuchte Frank aus der Toilette heraus Michelle zu übertönen.

„Ja, warte. Moment. Ich muss nur.. Ich habe Rosi noch auf dem Arm. Und überhaupt, ist das etwa dein neuer Klingelton? Ja sag mal, geht's noch, oder was?"

Frank enthielt sich weise jeden Kommentars, lauschte nur dem Freizeichen an seinem Ohr.

Nach einer gefühlten Ewigkeit ging sie dran, Wenigstens hatte er daran gedacht, den Anrufbeantworter zu deaktivieren.

„Ja? Hallo? Mit welchem Arschloch spreche ich?"

Wie gehofft, hatte sie sich tatsächlich noch die Zeit genommen, das Display zu beäugen, bevor sie das Telefonat angenommen hatte.

„Mit deinem."

„Na toll, jetzt rede ich schon mit meinem eigenen Arsch. Bin gespannt was als nächstes kommt."

„Ich weiß gar nicht was du willst. Ich habe dir doch schon immer gesagt, du hast den tollsten Arsch der Welt. Das könnte einem doch schon mal ne Unterhaltung wert sein", prustete Frank los und stolperte gleichzeitig aus der Toilette auf den Flur, wo sie sich schließlich quietschend vor Lachen erst um den Hals und just danach übereinander herfielen.

„Wie geht's deiner Mutter eigentlich mittlerweile?", erklang Franks Stimme aus den Tiefen der Bettlaken.

„Willst du wissen wie es ihr geht, oder ob ich wieder da bin?"

„Naja zugegeben, als Egoist interessiert mich letzteres schon brennender. Aber trotzdem."

„Sie scheint wieder ok zu sein. War wohl nicht mehr als eine Sommergrippe, verbunden mit der Sehnsucht nach Aufmerksamkeit, schätze ich."

Frank versenkte, einer spontanen Eingebung folgend, drei kräftige Nieser im Kopfkissen.

Ein, wenigstens mit einem gutmütigen Lächeln versehendes, „Idiot!" war die spärliche Ernte dieser Bemühungen.

Es war ihm egal. Er wähnte sich glücklich fast am Ziel: *You`ve reached the mainstation.*

Der Rest wäre Nebensache, Peanuts sozusagen.

„Im Übrigen habe ich gewusst, dass du und Renate, na das da eben nix gelaufen ist."

„Ja?"

„Klar. Zum einen hat mich Jasmin angerufen und bequatscht, aber hauptsächlich wusste ich es, weil ich Renate eben kenne. Sie hat nicht erreicht was sie wollte. Also hat sie versucht wenigstens einen Keil zwischen uns zu schlagen. So ist sie eben."

„Hm. Aber das schafft sie niemals", ereiferte er sich.

„Apropos niemals. Wieso sollte Renate nicht meine Schwester sein? Wie kommst du auf sowas?"

„Müssen wir da jetzt gerade drüber reden?", stöhnte Frank, graue Wolken erahnend.

„Du sagst, meine Schwester sei nicht meine Schwester. Ja klar müssen wir da jetzt drüber reden. Also!"

„Hm. Na, um Himmels willen. Weißt du, welche Voraussetzungen erfüllt sein müssen, damit jemand blaue Augen hat? Also nicht als Baby, oder so. Da haben viele blaue Augen. Ich mein später. Also, wenn man älter ist."

„So genau weiß ich das nicht. Ich nehme an, es ist irgendwie wegen den Eltern, dem Erbgut. Was weiß denn ich?"

„Genau, die Eltern. Sie müssen blaue Augen haben, und zwar beide! Welche Augenfarbe hat dein Vater?"

„Braun."

„Bingo. Braun. Ich hätte gewollt, ich hätte es dir schonender beibringen können. Aber das ist es wohl. Sie könnte also bestenfalls deine Halbschwester sein."

Tanja hatte sich im Bett aufgerichtet. „Wie jetzt? Das würde ja quasi bedeuten dass.."

„Ach Schatz. Ja, ich fürchte. Deine Mama hatte wohl irgendwann eine Affäre. Aber sieh es doch mal von der anderen Seite. Bis vor kurzem hattest du keinen Zweifel das Renate deine Schwester ist. Du bist mit ihr zusammen aufgewachsen wie ganz normale Geschwister. Ihr habt euch fürchterlich gestritten, wieder vertragen und wart wie Pech und Schwefel sobald sich etwas gegen euch gerichtet hat. Sie ist deine Schwester. Völlig egal wer ihr biologischer Erzeuger ist. Und deine Eltern waren, nach allem was ich weiß, auch nicht immer eitel Sonnenschein miteinander. Außerdem ist es ewig lange her, das alles.

Wenn du mich fragst, sollte man die Schwarzer-Peter-Karte nicht bemühen."

„Ach, das soll wohl heißen, wenn es mal grad in einer Beziehung nicht so rund läuft, darf der eine dann mal eben munter fremd poppen, wenn es ihm grad danach ist, oder was?"

Frank lag auf dem Bauch, hatte seine Theorien gerade noch fürchterlich gemütlich in Tanjas Bauchnabel versenkt und meinte dennoch sehen zu können wie ihre Stirnfalte hervortrat.

„Natürlich nicht", versuchte er kläglich die selbst produzierten Gewitterwolken weg zu pusten, „in diesem besonderen Fall, ist *man* aber eben deine Mama, und genaugenommen gehören zum Fremdgehen sogar mindestens drei Leute. Die Qualität einer Beziehung bestimmt ihre Beständigkeit, auch ob sie negative Einflüsse von außen verkraftet. Und lass uns nicht streiten, bitte."

„Wir streiten nicht, wir diskutieren", korrigierte sie.

„Ja stimmt, ich vergaß", grinste Frank, „für dich heißt vernünftig streiten; neben verbalem Schlagabtausch auch das zielsichere Abfeuern von Porzellan Richtung blöde Birne von blödem Freund."

„Genau", stimmte Tanja freudig zu, „wenn du also, nicht nur immer halbe Sachen machen, deinen Mann stehen willst, dann halt gleich mal eben mutig den Kopf hin", und griff behände nach der Wasserflasche, die noch neben dem Bett stand.

„Halt stopp. Lass gut sein. Das geht so nich.", flehte Frank, die bedrohlich über seinem Kopf geschwungene Flasche nicht aus den Augen lassend.

„Ach Schatz, natürlich geht das", summte ihre zuckersüße Stimme durch den Raum.

„Nein, tut es nicht, ersten gibt das eine riesen Schweinerei, die du dann wegmachen darfst, weil nach dem Einschlag von mir garantiert, aber auch Garnichts mehr steht, und zweitens können wir uns das nicht leisten. Da ist Pfand drauf."

„Stimmt", konstatierte Tanja nüchtern, während Frank erleichtert zur Kenntnis nahm, dass die Flasche, kleinem Bizeps sei Dank, nicht mehr ganz so bedrohlich über ihm kreiste.

„Aber nur, weil du mir das neue Handy gekauft hast. Ich hatte übrigens seit gestern plötzlich keinen Netzzugang mehr mit dem S3. Kann es sein, dass du da die Finger im Spiel hattest?"

„Naja, das lief alles nicht so rund, war eine ziemliche Hampelei, das Ganze", sinnierte Frank. „Aber nachdem wir keine Miete mehr zahlen, hatte ich gedacht, dass ich dir was Hübsches schenken kann."

„Wir zahlen keine Miete mehr? Was soll denn dass jetzt heißen?" Tanjas Stimme war ruckzuck kurz vorm Überschlag, und Frank bedauerte bereits seinen unüberlegten Vorstoß.

„Okay, okay. Alles gut. Ich erzähl dir alles und hübsch der Reihe nach. Über ein bisschen Einfühlungsvermögen von dir wäre ich dabei aber nicht böse", flehte er.

„Hah, Einfühlungsvermögen. Erstens nennt sich das Empathie, falls du deinen Sprachschatz aufpolieren möchtest, und zweitens hast du grad nicht viel Einfühlung zu erwarten, weil du drittens das Vermögen ja ziemlich nachhaltig aus unserer Beziehung heraus gehebelt hast, indem du deinen Job weggesoffen hast."

„Das war jetzt nicht sehr empathisch formuliert", empörte er sich zaghaft.

„Nee, aber treffend, und wenn du nicht sehr bald erzählst, warum wir keine Miete mehr zahlen, trifft dich noch was ganz anderes", drohte sie entschlossen.

„Ich hatte den Dauerauftrag für die Miete storniert", nuschelte er.

„Du hast was gemacht?", Tanja erschien ihm irgendwie echt entsetzt.

„Das heißt, du zahlst einfach keine Miete mehr für uns und kaufst dann fleißig Handys?!"

„Nein, ich hatte ihn storniert. Aber dann habe ich ihn doch fix wiedereingerichtet. War irgendwie doch keine so gute Lösung."

„Na, schau an. Also kaufst du Handys von Geld, das wir weder gespart noch übrighaben. Trifft es das etwa besser?"

„Es war nur eins, aber von meinem Geld. Und ja, es war eine blöde Idee, dir absolut hirnrissigen Quatsch auf den Anrufbeantworter zu sprechen, bloß weil ich nicht mehr ein noch aus wusste und eine hundserbärmliche Angst hatte, dass du mich verlassen würdest. Dann wollte ich unbedingt verhindern, dass du den Anrufbeantworter abhörst. Also habe ich bei Vodafone deine Sim-Karte sperren lassen, dir ein neues Handy gekauft, weil du das ja sowieso schon lange haben wolltest und dann noch den Vodafonefritzen dazu genötigt mal schnell eine neue Sim-Karte zu besorgen."

„Du hast nen Knall!", Tanja schaute ihn ungläubig an.

„Aber dafür liebst du mich doch, oder?"

„Nee, da hast du was missverstanden. Für den kleinen Knall, den ich kenne, mit dem du nette Witze machst und mich zum Lachen bringst. Dieser Knall da ist eindeutig zu laut und eher gut für nen gepflegten Hörsturz.

„Ja, ich weiß", gab er kleinlaut zu. „Es kam eben ne ganze Menge zusammen."

„Bleibst du denn nun?", wagte er sich vor.

„Na, dich kann man ja nicht alleine lassen. Was hast du nun eigentlich vor? Und was war das eigentlich mit den DVD?"

„Mit einem Satz: eine blöde Idee. Ich war beim Jobcenter, aber das brauch ich dir wohl nicht zu erklären, warum die da vorerst keine Veranlassung sehen mich mit regelmäßigen Zahlungen bei Laune zu halten. Zudem führen wir eine sogenannte Bedarfsgemeinschaft. Also wird dein Einkommen mit angerechnet, und so weiter und so weiter. Die Jungs haben mir angeboten, dass ich mir bei ihnen was dazu verdienen kann, ist vermutlich nicht zu hundert Prozent legal, aber nett von Ihnen. Oder?"

„Ja, so nett, dass du gleich ins nächste Chaos schlidderst! Jürgen auch?"

„Ja, Jürgen ist auch nett."

„Boah, Männer! Was hältst du von der Idee, dass du nur auf € 400,00 Basis bei Jürgen aushilfst, den anderen dankend absagst, und wenn es bei Jürgen mal ein paar Euro mehr werden sollten, ist das auch nicht weiter tragisch, weil ihr das unter euch regeln könnt? Damit dürften wir finanziell über die Runden kommen, inklusive Mietzahlungen, ohne gleich das nächste Gerichtsverfahren fürchten zu müssen."

„Meinst du, dass du damit leben kannst?", forderte Tanja zu wissen.

„Unbedingt!", beeilte sich Frank zuzustimmen.

„Dann ist ja alles geklärt, vorerst. Und du kümmerst dich um die beiden H`s."

„Um wen?"

„Hasi und Haushalt", triumphierte Tanja.

Frank stöhnte leise vor sich hin. Da war wohl nichts zu machen.

Wand jedoch ein: "Aber ich muss doch auch das Buch schreiben."

„Welches Buch?" Tanjas Stirnfalte war sofort wieder aktiv.

Er erklärte ihr, was die Jungs ihm vorgeschlagen hatten und worum es gehen sollte dabei.

Während Sie lauschte, blickte sie ihm gebannt und ungläubig in die Augen. Ihre Stirnfalte blieb, scheinbar völlig unbeeindruckt. Schließlich hopste sie aus dem Bett, beschloss Duschen zu gehen, über sein Gefasel, wie sie es zu nennen beliebte, nach zu denken und mächtig Appetit zu haben, den sie mit ihm zusammen beim Chinesen erfolgreich zu bekämpfen gedachte.

Freitag

Tanja war bereits vor fast zwei Stunden in ihren sozialen Inklusionstempel geradelt und kümmerte sich
mehr oder weniger erfolgreich darum ihren, teil-
weise auch mit Handicaps versehenden, langzeitarbeitslosen Schützlingen die marodierenden Basis-
qualifikationen wie Pünktlichkeit, Ordnung am Ar-
beitsplatz, Loyalität, zumindest annähernde regel-
mäßige Anwesenheit und so weiter wieder leidlich
schmackhaft zu machen.

In Wahrheit hatten viele Klienten sich selber beim
Jobcenter um eine Arbeit im Sozialkaufhaus bemüht, weil ihnen zuhause die Decke auf den Kopf
fiel oder Dummheiten in denselben kamen, nur
manche waren, gegen ihren erklärten Willen, vom
Jobcenter für einen Ein-Euro-Job in dem Sozialkaufhaus zwangsverpflichtet worden. Wenn sie den
Job nicht anträten oder über einen gewissen Zeit-
raum hinaus unentschuldigt fehlten, würde sie eine
empfindliche Kürzung ihrer Hartz 4 Leistungen er-

warten, und mit dieser Aussicht ausgestattet, kamen die meisten dann doch der freundlichen Aufforderung des Jobcenters nach.

Tanja und ihre Kolleginnen und Kollegen kümmerten sich dann darum, dass die Klienten sich selber eben in einer regelmäßigen Struktur sinnvoller Tätigkeit wiederfanden und dies dann bestenfalls richtig klasse fanden.

So wie Tanja selber, nicht so klasse, fand sie die ständigen Reibereien mit ihrem Vorgesetzten, der in vielerlei Hinsicht, also nahezu in jeder, mit einer anderen Sichtweise von Personalführung gesegnet war, als der die Tanja anheim stand.

Frank war mit Tanja aufgestanden, und sich, nachdem sie die nun mittlerweile endlich wieder, gemeinsame Wohnung verlassen hatte, in die Küche an den Klapprechner gesetzt und versuchte seither verzweifelt den roten Faden seiner Schreibe im Blick zu behalten.

Grundsätzlich wäre das keine Hürde, dummerweise bestand der rote Faden aus den Geschichten, die Tanja von ihrer Arbeit mitbrachte, und die dünnten sich bereits beim Nachdenken darüber, wie sie denn nun waren aus, während einige von ihnen zudem, als er sie wieder zusammen bekommen hatte, den Eignungstest für die Zulassung in seinen Roman nicht bestanden.

Parallel sollte es keine bloße Aneinanderreihung von Witzchen und Skurrilität werden. Manno Mann, dachte Frank, Autos zu verkaufen war irgendwie einfacher.

Wie und wo sollte er denn nur den Stoff auftreiben in dem sich der rote Faden am Ende lustvoll eingebettet und unsichtbar pudelwohl wiederfand?

„Hier ist *Die Kneipe*. Guten Tag, was darf ich tun?"

Frank hatte Jürgen vom Festnetztelefon mit unterdrückter Nummer angerufen.

Diese Einstellung des Apparates war aus der Zeit, als er sich noch als Automobilverkäufer beworben hatte.

Damals hatte er gern, aufgrund einer Stellenanzeige erst einmal in dem Autohaus angerufen, um heraus zu finden, ob die Stelle noch vakant und von Interesse für ihn wäre, respektive, ob er sich Chancen auf den Job ausmalen konnte.

Später hatten Tanja und er es amüsant gefunden, wenn der Angerufene, in guter nostalgischer Art noch ein unausgesprochenes Fragezeichen hinten an seinen Namen setzte, da er mangels Rufnummer Übertragung keine Information über den Anrufer erhielt.

„Und hier ist ein Freund", spulte Frank seinen gut gebrauchten Witz ab.

„Ja. Noch. Was will er?", erkundigte sich ein augenscheinlich mürrischer Wirt.

„Na, ich wollt einfach mal anrufen und mich nach deinem werten Befinden erkundigen. Das macht man so unter guten Freunden."

„Nee, macht man nicht. Also schieß los. Was willst?"

„Sag mal, du hast doch erwähnt, dass du Ersatz für Stella benötigst, richtig?"

„Ja, vermutlich habe ich das mal."

„Ja siehst. Und warum in die Ferne schweifen, wenn das Gute liegt so nah?"

„Mensch Frank, versuch mal Dinge wie ein ganz normaler Mensch anzusprechen. Ich leg jetzt auf, du rufst nochmal an. Und dann sagst du mir, was du auf dem Herzen hast."

Der schnell aufeinander folgende Besetztton hallte in Franks Ohr. Die Sau hat tatsächlich aufgelegt, dachte er.

Und drückte flugs die Wahlwiederholung.

„Hier ist *Die Kneipe*. Guten Tag, was darf ich tun?"

„Das weiß ich doch. Ich habe Wahlwiederholung ge-
drückt."

„Ja, und Rufnummer Unterdrückung!", kam es
nüchtern sachlich und leidlich genervt aus der Mu-
schel.

„Ach so, ja. Hatte ich ganz vergessen."

„Also?", leierte Jürgen fast gelangweilt.

„Also, na wenn dich das nervt, dann wird ich sie mal
wieder aktivieren, denke ich."

„Nicht, wenn du nicht mehr anrufst, dann nervst
mich nicht. Und um das hier abzukürzen; willst du
mir vielleicht vorschlagen, dass du bei mir auf €
400,00 Basis arbeitest, weil du ja weist, dass Stella
nicht mehr oft kommt? Ist es das vielleicht?"

„Du sprichst mir aus der Seele. Erst gestern habe
ich mit Tanja darüber gesprochen.

Wo du doch nun Hilfe brauchst, wenn Stella weg ist,
und ich nen Job. Das ist doch eine super win win
Situation für uns alle. Und ganz nebenbei bringen
wir unsere Freunde nicht in Verlegenheit, wenn ich

quasi schwarz bei ihnen arbeiten würde. Ich habe sofort gewusst, dass du so denken würdest."

„Völliger Mumpitz. Ich denke, dass du eine hoffnungslose und ziemlich egoistische Nervensäge bist und frage mich zum x-ten Mal, was in aller Welt, ich verbrochen haben muss, dass der liebe Gott dich mir zum Freund gegeben hat. Du bist morgen Abend um sieben Uhr hier, und wir machen einen Arbeitsvertrag. Hast du mich verstanden?"

„So deutlich, als wenn ich direkt neben dir stehen würde", beeilte sich Frank zu versichern. „Habs prima verstanden, also bis morgen. Ich freu mich total, und vielen lieben Dank auch nochmal."

„Bis morgen. Und Frank?"

„Ja?"

„Du hast nen netten Knall", damit legte Jürgen endlich auf.

So, Job im Sack, lächelte Frank in sich hinein und tippte: *Hallo Leute, vielen Dank für Eure Bemühungen. Ich weiß das zu schätzen, aber Jürgen hat mir eben nen Job bei ihm angeboten und dann sehen wir uns sicher bald auf ein Bier*, in sein Smartphone.

Er verschickte sie an Sören, Falk, Christian, Peter und natürlich Jürgen.

Im gleichen Moment erreichte ihn eine Nachricht von Tanja:

Blog. Blog ist besser als Buch. Hab nur grad keine Zeit. Ich erklär es Dir später. Schreib weiter. Bussi.

Frank fragte sich, was an einem Tagebuch im Netz so toll sein solle, wagte jedoch nicht nach zu haken. Er hielt sich ran und kramte in seinem Gedächtnis nach weiteren Ideen.

„Also, wieso einen Blog?", fragte Frank beim Abendessen um endlich seine Neugier zu befriedigen.

Tanja grinste über beide Ohren:

„Weil, dass dein neuer Job ist!"

„Wie bitte? Kaum verlier ich meine Arbeit, bekomme ich innerhalb einer Woche gleich sechs bis sieben Jobs angeboten. Wer hätte das gedacht? Sie waren zwar allesamt nicht erste Sahne, und an der Bezahlung könnte man noch dran rum feilen, wenn du mich fragst. Aber immerhin!"

„Du hast mich falsch verstanden. Es wäre eine gut bezahlte Arbeit."

„Hä?", erkundigte sich Frank.

„Schatz, jetzt pass mal gut auf. Sei mir nicht böse, ich war auch ein wenig indiskret, was den Umgang mit Briefen oder in diesem Fall Dokumenten betrifft. Du weißt, dass ich vom Büro aus auf unser Netzwerk zugreifen kann. Naja und das habe ich heute mal gemacht. Du hast doch über den Peter Justus von uns geschrieben. Also auch, dass er anfangs bei uns Schwierigkeiten hatte überhaupt regelmäßig zur Arbeit zu kommen, wie er sich dann bei uns eingefügt und im Laufe der Zeit entwickelt hat, bis er schließlich den Job als Helfer in der Küchenmontage bekommen hat?"

„Ja klar weiß ich das, habe es ja heute Morgen erst geschrieben. Aber worauf willst du hinaus?"

„Okay. Du weißt wie die ganzen Arbeitshilfeprojekte, auch von anderen gemeinnützigen Einrichtungen, finanziell dastehen. In Zeiten niedriger Arbeitslosenzahlen fehlt die Lobby für langzeitarbeitslose Menschen. Und da habe ich ihn gepackt."

„Wen genau hast du gepackt. Und wo?"

„Mensch Schatz. Na den Gerhard. Unseren Bereichsleiter. Den Chef von meinem Chef.

Ich hatte heute doch einen Termin mit ihm.

Ich habe das, was du geschrieben hast ein wenig überarbeitet. So liest es sich wie eine Erfolgsgeschichte unserer Arbeit, die es ja nun mal auch ist. Und ein paar nette Anekdoten aus deinen Texten über uns miteingefügt. Er fand es gut, also richtig gut. Und dann habe ich ihn gefragt, was er von einem Blog hält, in dem natürlich anonymisiert und vorteilhaft über unsere Arbeit berichtet wird. Die

Welt kann im Netz Anteil nehmen, an der qualifizierten Förderung und Forderung von langzeitarbeitslosen Menschen. Wir bekommen Kontakte zu Firmen, in die wir unsere Klienten vermitteln können, erstmal probeweise natürlich, aber langfristig...Spontan habe ich ihm Sören genannt, der braucht doch eh immer Hilfskräfte auf seinen Baustellen. Und was das Beste ist: das Ganze erscheint auch noch relativ kostengünstig auf unserer eigenen Homepage und vielen anderen sozialen Netzwerken.

Also um es kurz zu sagen, er war schwer beeindruckt, und dann habe ich ihm gesagt, dass du der Autor bist. Na was sagst du?"

„Was ich sage? Ich bin baff! Und die wollen mich dafür bezahlen, dass ich so einen Blog schreibe?"

„Ja mein Schatz, das werden Sie. Am Anfang hast du sicherlich nicht freie Hand, die lesen das alles noch mal genau gegen, bevor sie zulassen, dass es ins Netz geht. Aber nach einer Weile lassen sie dich dann schon machen. Doch darauf kommt es doch gar nicht an. Verstehst du denn nicht? Unter jedem einzelnen Artikel wird dein Name stehen. Wenn sich das erst mal etabliert hat, machst du dir einen Namen als Anwalt der Schwachen in unserer Gesellschaft. Wenn es klappt, wirst du dir, sobald du deinen Führerschein wiederhast, aussuchen können in welchem Autohaus du arbeiten möchtest. Vorausgesetzt, du willst das dann überhaupt noch."

Frank war fassungslos und rang nach Worten:

„Und du meinst wirklich das kann funktionieren?"

„Nee mein ich nicht. Ich weiß es!", grinte Tanja.

„Schon deshalb, weil du dann zu Haus bist, dort arbeiten kannst, ausreichend Geld verdienen wirst und demnächst auch eine ordentliche Struktur bekommst, wenn du dich auch noch dabei um den kleinen Frankieboy kümmern kannst."

Das waren zu viele Informationen auf einmal, aber sie bahnten sich mühsam ihren Weg, langsam aber sicher begriff selbst Frank, dass es mal an der Zeit war Glück zu erkennen, wenn es an die Tür klopft.

Seines hieß Tanja, und wie es schien war es zu zweit unterwegs.

Ich danke allen Freunden die mich
beim Schreiben unterstützt
und meine Launen ertragen haben;
insbesondere natürlich meiner
liebsten Monika.

Über Buchtalent

Die 2013 gegründete Plattform Buchtalent verknüpft auf innovative Art und Weise Self-Publishing und klassisches Verlagswesen miteinander. Die Geschäftsidee beruht auf der Erkenntnis, dass nur etwa jedes 200. bei Verlagen eingereichte Manuskript veröffentlicht wird. Dadurch entgeht vielen Verlagen die Möglichkeit, Autorentalente zu entdecken. Die Autoren ihrerseits haben nur eine geringe Chance auf eine Veröffentlichung.

Buchtalent ist eine Initiative der tredition GmbH aus Hamburg. Seit 2006 bietet tredition Autoren, Verlagen und Unternehmen Dienstleistungen und Lösungen rund um die Buchpublikation an.

tredition ist darauf spezialisiert, durch das Optimieren von Auflagenmanagement, Vertrieb und Abrechnungswesen die Erträge für Verlage, Unternehmen und Autoren zu maximieren.

Zeitfracht Medien GmbH
Ferdinand-Jühlke-Straße 7
99095 Erfurt, Deutschland
produktsicherheit@kolibri360.de